Harry Potter

Harry Potter
and the Cursed Child

ハリー・ポッターと
呪いの子

第一部

舞台脚本愛蔵版

3人の著者による新作オリジナル・ストーリー
J.K.ローリング
ジョン・ティファニー&ジャック・ソーン

舞台脚本 ジャック・ソーン
翻訳 松岡佑子

Original Title
Harry Potter and Cursed Child, Parts One and Two (Playscript)

First published in print in Great Britain in 2016 by Little, Brown
This paperback edition published in 2017 by Sphere

もくじ

J.K.ローリング

わたしの世界に入り、
すばらしいものを作ってくれたジャック・ソーンへ。

ジョン・ティファニー

ジョー、ルイス、マックス、サニー、マールへ……
全員が魔法使いだ……。

ジャック・ソーン

2016年4月7日に生まれたエリオット・ソーンへ。
我々はリハーサルに、
息子は嬉しそうに声をあげるのに忙しかった。

舞台脚本をどう読むか
ジョン・ティファニーとジャック・ソーンの対話

ジャック　僕が最初に読んだ舞台脚本は、「ヨセフとカラフルな驚きの夢上着（仮訳）」だった。小学生だったけど、すごく興奮したよ。はっきりとは覚えていないけれど、自分のセリフだけを拾い読みしたと思う。ああ、そうさ、僕は自信過剰の高慢チキなガキだったから、そう、もちろん主役のヨセフを演じるつもりだったよ。二番目に読んだのは「銀の小刀（仮訳）」、イアン・セレリヤーの古典的な名著の劇場版で、そこでは主役じゃなくて――たしか「三番目の男の子」とかなんとかいう役だった。主役のエディック・バリッキをやりたかったな。エディックを演じられたら、最高だ、と思ったけど、残念ながらそのころには、もう僕の役者としてのキャリアは終末を迎えていた。9歳だったけどね。

ジョン　僕が最初に読んだのは「オリバー！」で、9歳の時だった。（そんな小さいころでさえ、最後にビックリマークの！がついているのはミュージカルなんだって、なんとなくわかっていた――オリバーの物語に歌がついている！ってね。）ハダーズフィールド・アマチュア・オペラ協会の1981年の上演で、僕はそのミュージカルのタイトルになったオリバー少年の役を演じた。自分のアクセントを劇用に変えようとした記憶がないから、オリバーの母親が赤ん坊を産むのにウェスト・ヨークシャー州の貧民収容施設に向かう場面だったと思うけど、きっと僕たちの舞台は、ディケンズの原作のおかしな焼き直し版だったろうな。僕も君と同じで、自分の役のセリフだけを追って読んだ。台本のオリバーのセリフにハイライトの印をつけるために、わざわざ黄色の蛍光ペンを買いに行ったことを覚えている。ほかの役者たちがそうしていることに気が付いたからね。当然、そうすることが手慣れた役者の印なんだと思ったよ。あとになって、スリのドジャー役の子に、目立つ印をつけるだけでなく、セリフを自分のものにしなきゃならないって言われるまで、そのことに気付かなかった。こうして僕の台本の読みの第一歩が始まったというわけだよ。

ジャック　君のオリバーを見たかったなあ。それに蛍光ペンで印をつけた台本もね。君の茶色の演出ノートがピカピカなのにいつも感心していたんだ。僕の台本ときたら――ページの角は折れているし、判読できないメモがいっぱい書いてあるし、赤ん坊のゲップで汚れているし。（そりゃ、ゲップは比較的最近追加されたものだけど。）

それで、台本はどう読まれるべきだと思う？　台本ってどういうふうに読まれるんだろう？　台本を本として出版するためにト書きの部分を書こうとしていたとき――公演前のあわただしい数週間のことだけど――僕はそういうことがとても心配になった。何度かリハーサルを繰り返しているとき、セリフをごっそり削除したことを覚えている。役者たちが目や表情でいろんなことを苦も無く伝えているのを見て、自分が書いたセリフは必要ないことがわかったからね。今回の台本のセリフは今回の舞台の役者たちに向けて書きあげられたものなんだ。でも、ほかのグループの場合、もっと書き込む必要があることもある。それに、演出家もそうだけれど、本の読者は、読みながら登場人物を頭の中に思い浮かべる必要があるんだ。演出家の君の場合、台本を初めて読むとき、そこになにを求める？

ジョン　演出家としては、脚本を初めて読むときがとても大切だ。観客がその脚本の舞台を初めて見るときと一番近い状態だからね。完成した台本を読めば、脚本家が書こうとした物語や人物、テーマに近づけるようでなくてはならない。台本を読んで泣いたり笑ったりできるものだ。台本で物語の楽しさを味わうことができるし、苦しむ登場人物の深い悲しみを感じることができる。完成した舞台、そして観客と一体になって経験する舞台を、台本が導きだすんだ。脚本家としては、台本を書きながら、出来上がった舞台の経験をどこまで思い浮かべられるのかなあ？　台本をタイプで打ちながら、それぞれの配役のセリフを声に出して言ってみるのかい？

ジャック　僕の場合はもっとひどい。登場人物みたいに動くんだ。人気のコーヒー店とかサンドイッチ店で仕事をしていたりすると、不審な目で見られてしまうよ。気が付くと、僕はその役になりきって身振り手振りしているんだ。かなりはずかしい。

今度の劇の台本の執筆中、一番面白かったのは、たぶん、役者とこれほど長い時間を一緒に過ごしたのは初めてだったということだろうな。ワークショップの何週間とか、リハーサル中の何週間を、全員が同じ部屋で長い時間一緒に過ごした。デザイン・チームから照明チームまでね。そんな経験は、それまで誰もしたことがなかったと思う——たぶん全部で8か月ぐらいだった。それが、出来上がったものにどういう影響を与えたと思う？　きっとずっと良いものに仕上がったと思うけれど、それ以外に、なにか僕たちのした仕事のトーンが変わったと思うかい？

ジョン　君がカフェに座って、自分の書いた劇の登場人物になったつもりでブツブツ言ったり体をひねったりしている姿を想像すると楽しいね！　ジャック、それにはきっと観客がつくと思うよ。とてもユニークなスタイルの演劇みたいだ。巡業できるな。「呪いの子」の俳優たちがきっと見る。一番前の観客席をずらっと予約するよ。だめかい？　うーん、いやなら仕方がない……。

ワークショップやリハーサルで、相当長い時間一緒に過ごしたことは、僕たちの作り上げたものに、確実にいい影響を与えたと思う。そのプロセス全体が、今でも鮮明に、ダイナミックに、はっきりと感じられるよ。2014年の初めにジョー（ローリング）を交えて物語の筋を話し合った最初の数回のミーティングから、初めて観客が舞台を見た2016年の夏までの間に、役者、クリエイティブの人間、アーティスト、プロデューサー、制作や技術のチームなど、大勢の人間がこの劇に貢献した。だから僕は台本を出版するときに、ぜひそういう人たちの名前を載せたいと思ったんだ。だからこそ、本として出版された台本は、劇場で舞台を見るという完全な経験をするためのほんの入口なんだ。

それで、この台本を書いた人間としては、まだ舞台を見ていない人たちに、出版された脚本を読んで、どんなことを思い描いてほしいのかなあ？

ジャック　難しい質問だよ。初演の前日に、僕はツイートした。「みんなに舞台を見てほしい。読むより観る方がいい――台本は楽譜と同じで、歌うことが前提なんだ。それにこの劇の配役も裏方も、ビヨンセそのものだ。」だから、それが答えかもしれないな。演劇界のビヨンセたちを想像してほしい――情感たっぷりで感情移入に優れた大物俳優たち——どのセリフも繊細に優雅にズバリとやっつけてくれる（本当にそうなんだ。俳優たちがずば抜けている）。——それに、舞台装置、振り付け、衣装、照明、映像、音響も全部最高だ。

もしくは、読者が私の書いたように読んでくれればよいと願っているのかもしれない——ジョーとジョンの二人を両肩に乗せて——どのセリフにも、ハリー・ポッターの全編を貫く情感的な真実と正直さをなんとかして表現したいと必死になって書いたんだ。難しいのは、もちろん、なにも書かれていない行間だ。目や表情で伝える情感、セリフやト書きではとうてい伝えきれない心の中のつぶやき。文章で書くなら、誰かがこう感じている、と書けるけれど、舞台では役者が表情で心のつぶやきを表す。それに舞台では山のように魔法が出てくる。それは本で説明するわけにいかないよ。だってショーが台無しになるし、ジェイミー・ハリソン（魔法と手品担当）が魔法界から追放されるからね。読者が頭の中で演技してみたらどうかな？　僕みたいにおかしくなって、カフェで全部の配役を演じてみるとか？　君なら、脚本の本の読者はどんなふうに読むべきだと思う？

ジョン　君の言うように、文章で書くなら、その人間が感じていることを、心の中の独白という形で書き表せるだろうし、詳細なト書きで視覚的な部分を表すことができるけれど、舞台の場合は役者がいて、クリエイティブの人間が我々と一緒になって、そういう要素に命を吹き込む。それだけじゃない。物語のある瞬間を完全に血の通ったものにするには、観客が集団で感じる想像力に頼ることがしばしばある。僕が舞台に夢中なのは、一つにはそれがあるからなんだ。映画ならコンピュータで創り出すイメージがあるけれど、舞台には観客という想像力がある。両方ともとても強力なものだよ。

読者が頭の中でセリフを演じてみるというアイデアはすばらしいと思う。または友だちと一緒にベッドルームで演じてみるとか。そういうやり方と、劇を生で見ている観客の想像力には共通点があるかもしれない。僕たちは、「ハリー・ポッターと呪いの子」の舞台を、ロンドンのパレス・シアターでもどこかほかの新しい舞台でも、観たい人全員が観られるように努力するよ。それまでは、読者が君の脚本を読み込んで、数えきれないほどの舞台が読者の頭の中に出来上がる――そう思うと、ほんとうに興奮するね。

第一部

第一部

第一幕

第一幕　第1場

キングズ・クロス駅

人々がそれぞれの目的地を目指して慌ただしく行きかう駅。雑踏の中、荷物を山のように積んだカートが二台、それぞれに大きな鳥かごを載せてガラガラと進んでいく。カートを押しているのは二人の少年、ジェームズ・ポッターとアルバス・ポッターだ。母親のジニーが息子たちの後を追うように歩いている。37歳になったハリーは、娘のリリーを肩車している。

アルバス　パパ、こいつ、何度も同じことを言うんだ。

ハリー　ジェームズ、いい加減にしなさい。

ジェームズ　こいつがスリザリンに行くかもしれないって言っただけさ。だってさ、もしかしたら……。（父親のこわい顔を見て、すぐに）わかったよ。

アルバス　（母親を見上げながら）手紙をくれるよね？

ジニー　お望みなら毎日でも。
アルバス　だめだよ、毎日じゃないよ。ジェームズが、みんなだいたい一か月に一度だけ来るって言うんだ。だから僕も……。
ハリー　ジェームズには去年、週に三回出したよ。
アルバス　えっ！　ジェームズ！

ジェームズをなじるようににらむ。ジェームズはにやっと笑いかえす。

ジニー　ほんとうよ。ジェームズがホグワーツのことを言っても、全部信じちゃだめ。お兄ちゃんは冗談が好きなんだから。
ジェームズ　ねえ、もう行ってもいいだろ？

アルバスはまず父親を見て、それから母親を見る。

ジニー　9番線と10番線のあいだの壁に向かって、まっすぐ歩いていけばいいのよ。

リリー　わくわくするわ。

ハリー　止まるんじゃないよ。壁にぶつかるなんて怖がらないこと。それが大事なんだ。気になるなら走るといい。

アルバス　うん、もう行けるよ。

ハリーとリリーはアルバスのカートに、ジニーはジェームズのカートに手を添える——そして一緒に、壁に向かって勢いよく走っていく。

第一幕　第2場

9と3／4番線

ホグワーツ特急の吐き出す白い蒸気がもうもうと立ちこめるプラットホーム。

このホームも騒がしい——しかしここにひしめいているのは、かっちりしたスーツ姿で仕事に向かう人々ではなく、かわいい子どもたちをどんな言葉で送り出そうかと思案している、ローブ姿の魔法使いや魔女たちだ。

アルバス　ここだ。
リリー　すごーい！
アルバス　9と4分の3番線だ。
リリー　みんなはどこ？　来てるの？　来なかったんじゃないの？

ハリーが指さした先に、ロンとハーマイオニーと娘のローズがいる。リリーは勢いよく三人に駆けよっていく。

リリー　ロンおじさん、ロンおじさん!!!

ロンがハリーたちを振り返り、リリーはロンに駆けよる。ロンがリリーを抱きあげる。

ロン　おーや、僕のかわいいポッター嬢ちゃん。

リリー　あたしの手品持ってきてくれた?

ロン　ウ《W》ィーズリー・ウ《W》ィザード・ウ《W》ィーズ悪戯《いたずら》専門店の太鼓判商品、「鼻どろぼうの虫の息」をご存知か?

ローズ　ママ! パパったら、またへぼ手品やってる。

ハーマイオニー　あなたはへぼと言うし、パパはすばらしいと言うし、私は……その中間。

ロン　ちょっと待った。この空気を食って……。さあおたちあいだ……

　　　ちょっとニンニク臭かったらごめんよ……。

　ロンはリリーの顔に息を吹きかける。リリーがくすくす笑う。

リリー　オートミールの匂いがする。
ロン　　ビン、バン、ボン。さあお嬢さん、なんの匂いも嗅《か》げなくなるぞ……

　ロンがリリーの鼻をもぎ取るしぐさをする。

リリー　あたしの鼻はどこ？
ロン　　ジャーン！

　開いてみせたロンの手の中は空っぽだ。へぼ手品だ。みんながそのばかばかしさを楽しんでいる。

リリー　おじさんたら、バカみたい。
アルバス　また、みんながじろじろ見てる。
ロン　僕のせいさ！　僕はとても有名なんだ。「鼻」実験は伝説になってる！
ハーマイオニー　そうでしょうとも。
ハリー　それじゃ、ちゃんと駐車できたのか？
ロン　ああ。ハーマイオニーは、僕がマグルの運転免許試験に受かると思ってなかった。だろう？　試験官に錯乱呪文をかけなきゃならないだろうって思ってたんだ。
ハーマイオニー　そんなこと思いもしないわ。あなたを絶対に信用しているもの。
ローズ　わたしは絶対に、試験官を錯乱させたと思うわ。
ロン　オイ！
アルバス　パパ……

アルバスが父親のローブを引っぱる。ハリーが息子を見下ろす。

ハリー　あのね――もしも僕が――もしもスリザリンに入れられたら……。
アルバス　そうなったら悪いかい？
ハリー　スリザリンは蛇の寮だ。闇の魔術の……勇敢な魔法使いの寮じゃない。
アルバス　アルバス・セブルス、おまえはホグワーツの二人の校長先生の名前をもらった。一人はスリザリン出身だが、父さんが知っている中で、おそらく一番勇敢な人だった。
ハリー　でも、もし……
アルバス　それが**おまえ自身にとって**気になることなら、組分け帽子はおまえの気持ちを汲んでくれる。
ハリー　ほんと？
アルバス　私にはそうしてくれた。

ハリーが誰かにこの話をするのは初めてだ――自分の言葉が一瞬、頭の中で響く。

アルバス、ホグワーツは、おまえを立派に育ててくれるところだ。パパが請け合う。怖がるようなことはなんにもない。

ジェームズ　セストラル以外はね。いいか、セストラルに気を付けろよ。

アルバス　セストラルって、見えないんだろ！

ハリー　先生たちの言うことを聞くんだよ。ジェームズの言うことは聞くな。楽しく過ごしなさい。さあ、汽車に置いてけぼりをくわされたくなかったら、早く乗って……。

リリー　あたし、汽車を追いかけるわ。

ジニー　リリー、戻りなさい。

ハーマイオニー　ローズ、ネビルに私たちからのキスを送ってね。

ローズ　ママ、先生にキスなんてできないわ！

ローズは列車に向かって歩きはじめる。アルバスはローズに続く前に振り返り、最後にもう一度ジニーとハリーを抱きしめる。

アルバス　オーケー、じゃ、さよなら。

アルバスは列車に乗りこむ。ハーマイオニー、ジニー、ロン、ハリーは、プラットホームで列車を見守る――警笛の音が数声、プラットホーム中に響く。

ジニー　あの子たち、大丈夫よね？

ハーマイオニー　ホグワーツは大きなところよ。

ロン　大きくて、すてきだ。食べ物がいっぱい。戻れるものなら、僕はなんにも惜しくない。

ハリー　アルはスリザリンに入れられるのを心配していた。変だな。

ハーマイオニー　そんなことなんでもないわ。ローズなんか、クィディッチの得点記録を1年生で打ちたてられるか、2年生の時かって気にしていたし、5年生用のテストをどうやったらもっと早く受けられるか、ですって。

ロン　いったい誰に似たのやら。

ジニー　でもハリー、もしアルが――もしもそうなったら？

ロン　ジン、あのさ、僕たち、君がスリザリンに入るかもしれないって、ずっとそう思ってたんだぞ。

ジニー　えぇっ？

ロン　ほんとうさ。フレッドとジョージがそれで賭博をした。

ハーマイオニー　帰りましょうか？　ほら、みんなが見てるわ。

ジニー　あなたたち三人が一緒にいると、みんなが必ず見るし、一緒じゃないときでも、ハリー、あなたを見ているわ。

四人はプラットホームを離れる。ジニーがハリーを引き止める。

ハリー……あの子、大丈夫よね？

ハリー　ああ、大丈夫だとも。

第一幕　第3場

ホグワーツ特急

アルバスとローズは、車両の通路を通り抜けていく。一人は恐怖でいっぱい、もう一人は興奮でいっぱいだ。

車内販売の魔女が、台車を押しながら逆の方向から近づいてくる。

車内販売魔女　何か要《い》りませんか？　かぼちゃパイ？　蛙《かえる》チョコレート？　大鍋ケーキはいかが？

ローズ　（蛙チョコレートを見るアルバスの物欲しげな視線に気付いて）アル、気持ちを集中させなきゃ。

アルバス　どうして？

ローズ　誰と友だちになるかを決めるのよ。わたしのママとパパが、あなたのパパに初めて会ったのは、ホグワーツ特急だったんだから……

アルバス　じゃ、今、生涯の友だちを選ぶの？　それって、すごく怖いよ。

ローズ　とんでもない。ワクワクするわ。わたしはグレンジャー－ウィーズリーだし、あなたはポッター――みんなが友だちになりたがるわよ。よりどりみどりじゃない。

アルバス　じゃ、どうやって決めるの？――客室のどのコンパートメントに座るかって……

ローズ　全員を評価して、それで決めるの。

アルバスが近くのコンパートメントの扉を開ける――中をのぞくと、さびしげなブロンドの少年――スコーピウス――がぽつんと座っている。アルバスはにこっと笑う。スコーピウスも笑みを返す。

アルバス　やあ、ここの席……

スコーピウス　空いてるよ。僕一人だ。

アルバス　よかった。じゃ、僕たち――ちょっとのあいだだけ――座っても――

スコーピウス　いいかな？
アルバス　いいよ。やあ。
スコーピウス　アルバス、アルバスだ。僕――僕の名前はアルバス……
やあ、スコーピウス。じゃなくて、**僕は**スコーピウスだ。君はアルバスで、僕はスコーピウス。で、君はたしか……

ローズの表情がみるみるこわばってくる。

ローズ　ローズよ。
スコーピウス　やあ、ローズ。フィフィ・フィズビー食べるかい？
ローズ　結構よ。朝食を食べたばかり。
スコーピウス　ほかのもあるよ。ショック－オ－チョック、激辛ペッパー、ナメクジ・ゼリーも。母の考えさ――母が言うんだ（歌うように）「♪スイーツがあれば、きっと友だちになれる」（歌は場違いだったと気付いて）たぶんバカげた考えだな。

アルバス　僕、少しもらうよ……ママが甘いものを食べさせてくれないんだ。どれから食べればいい？

ローズが、スコーピウスに見えないようにアルバスをぶつ。

スコーピウス　簡単さ。僕なら、激辛ペッパーがお菓子の王様だと思うな。ペパーミントのスイーツで、食べると耳から煙が出る。

アルバス　いいね。じゃ、それにしよう――（ローズがまたアルバスをぶつ）ローズ、叩くのやめてくれないか？

ローズ　叩いてないわよ。

アルバス　叩いてる。痛いよ。

スコーピウスの顔が曇る。

スコーピウス　僕のせいで叩いているんだ。

アルバス　えっ？

スコーピウス　いいかい。僕は君が誰だか知ってる。だから、君も僕のことを知らないとフェアじゃない。

アルバス　僕のことを知ってるって、どういう意味？

スコーピウス　君はアルバス・ポッターで、彼女はローズ・グレンジャー－ウィーズリー。そして僕は、スコーピウス・マルフォイ。僕の両親はアストリアとドラコ・マルフォイ。僕らの親同士は――相性が悪かった。

ローズ　そんな生易しいものじゃないわ。あなたのパパとママは「死喰《しく》い人《びと》」よ。

スコーピウス　（気分を害して）父はそうだった――でも母はちがう。

ローズは目をそらす。スコーピウスには、その仕草の意味がわかっている。

僕はその噂を知っているよ。でも嘘だ。

アルバスは、気まずそうなローズと、むきになっているスコーピウスを交互に見る。

アルバス　なんの――噂？

スコーピウス　僕の両親には子どもができなかった。そういう「うわさ」だよ。噂では、父も祖父も、マルフォイ家の血筋を絶やさないようにと、強い後継ぎが欲しくて必死だった。だから二人は……だから二人は「逆転時計《タイムターナー》」を使って僕の母を過去に送り――

アルバス　過去のどこに？

ローズ　アルバス、この子はヴォルデモートの息子だっていう噂よ。

重苦しい沈黙が流れる。

たぶんいい加減な噂よ……だって、あなたには鼻があるわ。

張り詰めていた空気が少し緩み、スコーピウスは笑う。痛ましいほどほっとしている。

スコーピウス　しかも父の鼻そっくり！　鼻も、髪も、マルフォイの名前も。それが別にすばらしいことだってわけじゃないんだけど。つまり――父親と息子の問題、それがあるしね。だけど、いろいろ考えあわせると、僕はマルフォイ家の息子のほうがいい。なんていうか、闇の帝王の息子よりね。

スコーピウスとアルバスは顔を見合わせ、何か通じ合うものを感じる。

ローズ　まあ、さ、どこか別のところに座ったほうがいいわ。アルバス、行きましょう。

アルバスは考えこんでいる。

アルバス　いや、（ローズの視線を感じてとっさに）僕はここでいい。君だけ行って……

ローズ　アルバス、わたし、待たないわよ。

アルバス　ああ、勝手にすればいいさ。僕はここに残る。

ローズは、一瞬アルバスを見つめ、それからコンパートメントを出ていく。

ローズ　ご自由に！

スコーピウスとアルバスは二人きりになり――目を合わせる――どうしてよいかわからない。

スコーピウス　ありがとう。

アルバス　ちがう、ちがう。ここに残るのは――君のためじゃない――スイーツのためだよ。

スコーピウス　あの子、きついよね。
アルバス　うん。ごめん。
スコーピウス　いや、気に入ったよ。アルバスって呼んでほしい？　それともアル？

スコーピウスはにやっと笑い、お菓子を二つ口に放りこむ。

アルバス　（考えて）アルバス。
スコーピウス　（両耳から煙を出しながら）**スイーツのために残ってくれて、ありがとう、アルバス！**
アルバス　（声をあげて笑いながら）ウワー。

第一幕　第4場　場面転換

さてこれからは、非現実的な時の移り変わりの場面転換に入る。この場面はすべて魔法に関するもの。

場面がめまぐるしく変わり、いくつもの世界を飛び移る。個別に完結した場面はなく、断片的な場面が、流れ続ける時間を表現する。

はじめに、ホグワーツの大広間が現れる。生徒たちがアルバスを取り囲んで跳ね回っている。

ポリー・チャップマン　アルバス・ポッターよ。

カール・ジェンキンズ　ポッターの子が同級生だ。

ヤン・フレデリックス　あの人と同じ髪だ。そっくり同じ髪だ。

ローズ　わたしのいとこよ。（生徒たちが一斉に振りむく）ローズ・グレンジャー＝

ウィーズリーです。初めまして。

組分け帽子が生徒たちの中を歩き、生徒たちは飛び跳ねてそれぞれの寮に分かれる。組分け帽子がローズに近づいているのはすぐわかる。ローズは緊張して運命の時を待っている。

組分け帽子　何世紀も続く　この仕事
すべての生徒が　わたしをかぶり
すべての頭を　わたしはのぞく
わたしは名だたる　組分け帽子
高いのも分け　低いのも分け
よい時も分け　悪い時も分け
かぶればわたしは　振り分ける
どちらの寮に　行くべきか……

ローズ・グレンジャー－ウィーズリー

組分け帽子がローズに帽子をかぶせる。

グリフィンドール！

ローズは、歓声をあげるグリフィンドール生に加わる。

ローズ　ダンブルドアさま、ありがとう。

次にスコーピウスが、厳しい目つきの組分け帽子の下、ローズのいた位置に走っていく。

組分け帽子　スコーピウス・マルフォイ

組分け帽子がスコーピウスに帽子をかぶせる。

スリザリン！

スコーピウスは、予想どおりの結果を聞いてうなずき、中途半端に微笑《ほほえ》む。スリザリン生に加わると、生徒たちから歓声があがる。

ポリー・チャップマン　まあ、当然ね。

アルバスがさっと舞台の前方に進み出る。

組分け帽子　アルバス・ポッター

組分け帽子が、アルバスの頭に帽子をかぶせる——今度は少し時間がかかる様子——当惑しているように見える。

スリザリン!

しん、と静かになる。
完璧な、深い静けさだ。
沈黙は重く、わずかに捻じれ、痛みを内包している。

ポリー・チャップマン　スリザリン?
クレイグ・バウカー　うわーっ!　ポッターの子が?　スリザリンに。

アルバスは、どうしていいかわからずにあたりを見る。スコーピウスが嬉しそうににこにこして、むこうからアルバスに呼びかけている。

スコーピウス　僕の隣に来て!
アルバス　(困惑し失望しながら)ああ、うん。

ヤン・フレデリックス　あの子の髪、結局、そんなにそっくりじゃないかもしれない。
ローズ　アルバス？　何かの間違いよ、アルバス。そんなはずはないわ。

ここで場面は、いきなりマダム・フーチの飛行訓練に切り替わる。

マダム・フーチ　何をボヤボヤしてるんですか？　みんな箒のそばに立って。さあさあ、急いで。

生徒たちは、急いで自分の箒の隣に立つ。

箒の上に手を突き出して、「上がれ！」と言いなさい。

生徒たち　**上がれ！**

ローズとヤンの箒がふわりと浮いて手の中に収まる。

ローズとヤン　やった！
マダム・フーチ　さあ、怠け者に用はありません。「**上がれ**」と言いなさい。「**上がれ**」と本気で。
生徒たち　（ローズとヤン以外）**上がれ！**
スコーピウスを含む全員の箒が浮き上がる。ところが、アルバスは、床にころがった箒の横に立ったままだ。
生徒たち　（ローズとヤンとアルバス以外）**やった！**
アルバス　上がれ。**上がれ。上がれ。**
箒は動かない。ぴくりともしない。アルバスは、打ちひしがれて箒を見下ろす。クラス中から忍び笑いが聞こえてくる。
ポリー・チャップマン　オー、マーリンの鬚《ひげ》、なんて恥さらし！　父親とはまるでちがうじゃない？

カール・ジェンキンズ　アルバス・ポッター、スリザリンのスクイブだ。

マダム・フーチ　オーケー、みなさん、さあ、飛んでみよう。

急に、どこからともなくハリーが現れ、アルバスの隣に並ぶ。舞台いっぱいに蒸気が立ちこめる。場面はまた、9と3／4番線のプラットホームに戻っている。時は容赦なく流れ、アルバスは一歳成長している。（ハリーもそうだが、アルバスほど見た目は変わっていない）。

アルバス　父さん、頼んでるんだよ――僕から少し離れてくれないかな。

ハリー　（おもしろがっているように）2年生になると、父親と一緒のところを見られたくないのかい？

魔法使いが一人、過剰な興味を示しながらポッター親子の周りを回りはじめる。

アルバス　そうじゃない。ただ――父さんは**父さん**で――僕は僕なんだから――

ハリー　いいかい、みんな見ているだけだろう？　見てるだけ。それに、おまえじゃなくて、私を見ているんだ。

くだんの魔法使いが、うやうやしくハリーに何かを差し出してサインを頼む――ハリーがサインする。

アルバス　ハリー・ポッターとできの悪い息子をね。

ハリー　何を言ってるんだ？

アルバス　ハリー・ポッターとスリザリン寮の息子さ。

ジェームズが、バッグを持って二人のそばを走り抜けていく。

ジェームズ　ズルズルズルズルのスリザリン、グズグズするな。汽車に乗る時間だ。

ハリー　ジェームズ、要《い》らぬことを言うんじゃない。
ジェームズ　（とっくにずっとむこうにいる）パパ、クリスマスにね。

ハリーは、心配そうにアルバスを見る。

ハリー　アル――
アルバス　アルバスだ。アルじゃない。
ハリー　みんながいじめるのか？　そういうことか？　もう少し友だちを作ったらどうだ――ハーマイオニーやロンがいなかったら、父さんはホグワーツでやっていけなかったし、それどころか、生き残ることもできなかっただろう。
アルバス　僕にはロンやハーマイオニーみたいな人は要らない――僕にも――友だちがいるんだ。スコーピウス。でも父さんは彼を嫌ってる。僕はスコーピウスがいれば十分なんだ。
ハリー　いいか、おまえが幸せなら、父さんはそれでいいんだ。

アルバス　父さん、駅まで付いて来る必要はなかったんだ。

トランクを取りあげ、どんどんハリーから離れる。

ハリー　でも、ここに**来たかった**んだよ……

だが、アルバスは行ってしまう。ドラコ・マルフォイが、しわ一つないローブと、ブロンドの髪をきっちりポニーテールに結った姿で人波の中から現れ、ハリーの側に立つ。

ドラコ　頼みがある。

ハリー　ドラコか。

ドラコ　噂のことだ——私の息子の出生の——噂は執拗に続いているようだ。ホグワーツの生徒たちが、スコーピウスをしつこくからかい続けている——逆転時計《タイムターナー》は「神秘部の戦い」ですべて破棄されたと、魔法省が

ハリー　確認の声明を出してくれれば……

ドラコ　ドラコ、放っておけ――そのうち立ち消えになる。

ハリー　息子は苦しんでいる。それに――最近アストリアの調子がよくない――息子にはできるかぎりの支えが必要だ。

ゴシップに応えれば、かえって煽《あお》ることになる。ヴォルデモートに子どもがいるという噂は、何年も前からある。やり玉にあがったのは、スコーピウスが初めてではない。君たちのためにも、私たちのためにも、魔法省は関わらないようにしなければならないんだ。

ドラコはいらだたし気に眉根を寄せる。舞台ががらんとなり、トランクを持って出発準備のできたローズとアルバスが立っている。

アルバス　汽車が発車したら、もう僕と口を利かなくていいよ。

ローズ　わかってるわ。大人たちの手前、普通にしていなきゃならないだけよ。

スコーピウスが駆けよってくる——ローズに対する大きな期待を胸に、手にはもっと大きなトランクを持っている。

スコーピウス　（期待をこめて）やあ、ローズ。

ローズ　（きっぱりと）さよなら、アルバス。

スコーピウス　（まだくじけずに）彼女、だんだんうちとけてきたと思うな。

舞台は、ふいにホグワーツの大広間に切り替わる。舞台手前に立つマグゴナガル先生は、満面の笑みを浮かべている。

マクゴナガル先生　さて、嬉しい知らせです。グリフィンドールのクィディッチ・チームに新しいメンバーが加わります。私たちの——（グリフィンドールだけを贔屓《ひいき》するわけにはいかないと気付いて）あなたたちのすばらしい新鋭チェイサー、ローズ・グレンジャー-ウィーズリーです。

広間は歓声に沸き、スコーピウスも、ほかの生徒たちと一緒に拍手をする。

アルバス　君もあいつに拍手を送るのか？　僕たち、クィディッチが嫌いだし、あいつはほかの寮の選手だぜ。

スコーピウス　アルバス、君のいとこじゃないか。

アルバス　あいつが僕に拍手すると思うか？

スコーピウス　彼女って、すばらしいと思うよ。

再び生徒たちがアルバスの周りを回り、場面はいきなり魔法薬学の授業に移る。

ポリー・チャップマン　アルバス・ポッター。浮いてる人。肖像画でさえ、あの人が階段を上ってくると背を向けるのよ。

アルバスが魔法薬の上にかがみこむ。

アルバス　さーて、ここで加えるのは――二角獣《バイコーン》の角だったかな？
カール・ジェンキンズ　あいつとヴォルデモートの子は相手にするな。いいか。
アルバス　火とかげ《サラマンダー》の血液をちょっぴり加えて……

魔法薬が大きな音を立てて爆発する。

スコーピウス　オーケー。修正する材料はなんだ？　何を入れれば変わる？
アルバス　何もかもだよ。

その台詞《せりふ》を最後に、時間は一足飛びに進む――アルバスの目はいっそう暗くなり、顔色はいっそう青ざめている。それでもまだ可愛らしい少年なのだが、本人はそれを認めまいとしている。

突然、アルバスは再び9と3／4番線に戻り、横には父親がいる。ハリーは、何も問題はないと、息子を（そして自分自身を）納得させようとしている。二人とも、また一年歳を重ねている。

ハリー　3年生。大変な学年だぞ。さあ、ホグズミード行き許可証だ。
アルバス　ホグズミードなんて大嫌いだ。
ハリー　まだ行ったこともないのに、どうして嫌いになれる？
アルバス　ホグワーツの生徒がいっぱいだってことがわかっているから。

アルバスは許可証をくしゃくしゃに丸める。

ハリー　とにかく行ってごらん――さあ――母さんに知られずに、ハニーデュークスの店で羽目を外せるチャンスだ――アルバス、だめだ、そんなことしちゃ。
アルバス　（杖を許可証に向ける）インセンディオ！　燃えよ！

許可証がパッと燃え、ステージの上を舞い上がっていく。

ハリー　なんてバカなことを！

アルバス　皮肉なことに、呪文が効くとは思わなかった。僕はこの呪文がまったくダメなんだ。

ハリー　アル――アルバス、私はマクゴナガル先生とふくろう便をやり取りしてきた――先生は、おまえがみんなを避けているとおっしゃる――授業には非協力的だし――不機嫌だし――それに――

アルバス　じゃあ、どうしろっていうの？　自分に人気者になる魔法をかける？　呪文で自分を別な寮に入れる？　良い生徒になるように変身させる？　父さん、呪文をかけてくれ。僕を父さんの気に入るように変えればいいんだ、オーケー？　そのほうが父さんと僕と、両方にとってうまくいくだろうさ。もう行かないと。汽車に乗らなくちゃ。友だちを探すんだ。

アルバスはスコーピウスに駆けよる。スコーピウスは自分のトランクに座っている――周囲に対してまったく無感覚な様子。

（嬉しそうに）スコーピウス……
（心配そうに）スコーピウス……大丈夫か？

スコーピウスは押し黙っている。アルバスは友人の目をのぞきこむ。

スコーピウス　お母さん？　悪いの？
もうこれ以上悪くなりようがないんだ。

アルバスは、スコーピウスの隣に座る。

アルバス　ふくろう便を送ってくれると思ったのに……
スコーピウス　なんて書いていいか思いつかなくて。
アルバス　僕も今、なんて言っていいかわからない……
スコーピウス　何も言わないで。

アルバス　何か僕にできることって……
スコーピウス　お葬式に来て。
アルバス　もちろん。
スコーピウス　そして、僕のいい友だちでいて。

ふいに、組分け帽子がステージの中央に現れ、場面は大広間に切り替わる。

組分け帽子　怖いのかね？　これから聞く言葉が。
怖いのかね？　わたしがその名を言うのが。
スリザリンはダメ！　グリフィンドールはダメ！
ハッフルパフはダメ！　レイブンクローはダメ！
心配するな、おちびさん。わたしは役目を知っている。
もしもはじめに泣いたとしても、あとから笑いを知るだろう。
リリー・ポッター。**グリフィンドール！**

リリー　やった！
アルバス　やっぱり。
スコーピウス　あの子がこっちに来ると、本気でそう思ったのか？　ポッター家はスリザリンに属さないよ。
アルバス　ここの一人は属してる。

目立たないように奥に隠れようとすると、ほかの生徒たちが声をあげて笑う。アルバスは顔を上げてみんなを見回す。

僕が選んだんじゃない。わかるか？　あの人の息子になることを、僕が選んだわけじゃない。

第一幕　第5場　魔法省　ハリーのオフィス

ハーマイオニーは、書類の山を前にして座っている。ここは、ハリーの散らかり放題のオフィスだ。書類を一枚ずつゆっくりと調べている。すると、ハリーが急ぎ足でオフィスに入ってくる。頬の傷から血がにじんでいる。

ハーマイオニー　どうだったの？
ハリー　ほんとうだった。
ハーマイオニー　セオドール・ノットは？
ハリー　拘留した。
ハーマイオニー　逆転時計《タイムターナー》は？

ハリーは、妖しく輝く逆転時計《タイムターナー》を取りだす。

ハリー　本物？　機能するの？　1時間だけの反転時計じゃないでしょうね
　　　　——もっと長時間戻れるの？
ハーマイオニー　まだ何もわからない。その場で試したかったけれど、慎重派の意見が勝った。
ハリー　さて、それはいまや手の内にある。
ハーマイオニー　君は、ほんとうに保管しておきたいの？
ハリー　選択の余地はないわ。見てごらんなさい。私の持っていた逆転時計《タイムターナー》とはまったく別ものだわ。
ハーマイオニー　（皮肉っぽく）どうやら、私たちの子どものころより、魔法は進んだようだ。
ハリー　血が出てるわ。

ハリーは鏡をのぞき、ローブをそっと傷に押し当てる。

ハリー　心配ご無用。額の傷痕とマッチするでしょうよ。

ハーマイオニー　（にやっと笑って）ハーマイオニー、私のオフィスで何をしているんだい？

ハリー　セオドール・ノットのことが聞きたくてね。それに――あなたが約束を守って、書類を処理したかどうか調べてみようと思ったの。

ハーマイオニー　ああ、処理できていない。

ハリー　そのようね。ハリー、こんなごたごたの中で、どうやって仕事が処理できるっていうの？

ハリーの杖の一振りで、書類や本はたちまち整然と積み上げられる。ハリーは笑みを浮かべる。

ハリー　もうごたごたじゃない。

ハーマイオニー　でも目を通していない。この中には興味あるケースがいくつもあるのよ……山トロールがハンガリーでグラップホーンを乗り回しているとか、背中に羽根の入れ墨をした巨人たちがギリシャの海を歩き回っているとか、狼人間が完全に地下に潜ったとか——

ハリー　了解、現場に出かけよう。チームを集める。

ハーマイオニー　ハリー、わかるわ。事務仕事は退屈……

ハリー　君にとってはちがう。

ハーマイオニー　私は自分のだけで手一杯。ここの書類にあるのは、魔法界の大きな戦いのたびに、ヴォルデモートに加担した勢力よ。闇の味方に関するものなのよ。その書類と——セオドール・ノットのところで摘発したばかりのものを併せて考えると——何かを意味しているはず。それなのに、魔法法執行部の部長が、手元の書類を読んでいないのなら——

ハリー　でも、読む必要はないんだ——現場にいて、耳で聞いている。セオドール・ノットだって——逆転時計《タイムターナー》の噂を聞いたのはこの私で、手をうったのも私だ。説教されるおぼえはない。

ハーマイオニーはハリーをちらっと見る——この話題は扱いが難しい。

ハーマイオニー　トフィーはいかが？　ロンには言わないでね。
ハリー　話をそらした。
ハーマイオニー　そうよ。トフィーは？
ハリー　いや。今、砂糖を断ってるんだ。

間。

ハーマイオニー　それって、クセになるんだよ。知ってるのか？
なんて言ったらいいのかな。私の両親は歯医者だったのよ。いつかは反抗しなくちゃ。40歳というのはちょっと遅すぎるとしても……。あなたは今しがた、すばらしいことをやり遂げたわ。説教するつもりはさらさらないの——ただ。時々は書類に目を通してほしい、それだけ。これはむしろ——軽い励まし——**魔法大臣**からのね。

ハリーは、ことさら強調された「魔法大臣」という言葉の含みに気付いて、うなずく。

ジニーは元気？　アルバスはどう？

ハリー　父親としての私の成績は、書類に対するのと同じ程度らしい。ローズは元気？　ヒューゴーは？

ハーマイオニー　（にやっとして）あのね、ロンが言うんだけれど、私はロンより秘書のエセル（舞台袖のほうを指して）と会っている時間が長いって。私たち、選択の分かれ道があったと思わない？――年間最優秀の親になるか――魔法省年間最優秀職員か――。さあ、家に帰って家族に会いなさい。まもなくホグワーツ特急が出発して、あと一年は戻らない――時間のあるうちに行きなさい――戻ったら、すっきりした頭でこの書類を読むことね。

ハリー　こんな書類、ほんとうに何か意味があると思うの？

ハーマイオニー　（微笑《ほほえ》んで）可能性はあるわ。もしそうだとしても、ハリー、戦う方法は見つかるでしょう。私たち、これまでもそうしてきたじゃない。

ハーマイオニーはもう一度微笑み、トフィーをひとつ口に放りこんで立ち去る。ハリーは一人残される。鞄に荷物を詰める。オフィスを出て、廊下を歩いていく。世界の重圧を両肩に乗せて。

疲れた足取りで電話ボックスに入る。62442をダイヤルする。

電話ボックス　ハリー・ポッター、さようなら。

ハリーを乗せた電話ボックスが上昇し、魔法省の舞台から遠ざかっていく。

第一幕　第6場

ハリーとジニー・ポッターの家

アルバスは眠れず、階段の一番上に座って、階下の声に耳を澄ましている。ハリーの話し声が聞こえ、やがてステージに登場する。車椅子に乗った老人エイモス・ディゴリーが一緒にいる。

ハリー　エイモス、わかる、わかりますよ。——だけど私は家に戻ったばかりで、それに——

エイモス　魔法省で面会する約束を取ろうとしたんだ。答えは「ああ、ミスター・ディゴリー、予約が取れました。えーと、二か月後です」。わしは待った。辛抱強く。

ハリー　——それに真夜中に私の家に来るというのは——ちょうど子どもたちが新学期に備えているというときに——よくないですね。

エイモス　二か月経って、ふくろう便が来た。「ミスター・ディゴリー、大変申し訳ありませんが、ミスター・ポッターは急な用事で呼び出されました。お約束の時間を少しずらさないといけませんので、えーと、二か月後の予約ではいかがでしょう」。それから何度も何度も同じことの繰り返し……。君はわしを避けておる。

ハリー　そんなことはありません。ただ、残念ながら、魔法法執行部の部長として、私の責任は――

エイモス　君が責任を取るべきことはたくさんある。

ハリー　えっ？

エイモス　わしの息子、セドリック。覚えておるだろうな、セドリックを？

ハリー　（セドリックのことを思い出すと苦しくなる）ええ、息子さんのことは覚えています。

亡くなられて――

エイモス　ヴォルデモートが欲しかったのは、**君だ！**　わしの息子ではない！　君の口から聞いたやつの言葉は、「よけいなやつは殺せ」。よけいなやつ。わしの息子、あんなに美しい息子が、よけいなやつ。

ハリー　ミスター・ディゴリー、セドリックを追悼するお気持ちはよくわかります。
でも——

エイモス　追悼？　そんなものに興味はない——今となっては。わしは年老いた——死にかけた老人だ——ここに来たのは、助けてほしいからだ——息子を取り戻すのに手を貸してくれ。

ハリーは、驚いて顔を上げる。

ハリー　取り戻す？　エイモス、それは無理だ。

エイモス　魔法省には逆転時計《タイムターナー》がある。ちがうか？

ハリー　逆転時計《タイムターナー》は全部破壊された。

エイモス　こんなに急に訪ねたのには理由がある。噂を聞いた——強力な噂だ——魔法省がセオドール・ノットから非合法な逆転時計《タイムターナー》を押収し、保管していると。調査のためだとか。その時計を使わせてくれ。わしの息子を返してくれ。

長く重苦しい間。ハリーにとってはこの状況は非常に難しい。観客には、耳を澄ませながら少しずつ階段を下りてくるアルバスが見える。

ハリー　エイモス、時間を操作する？　そんなことはできないのをご存知でしょう。

エイモス　「生き残った男の子」のために、何人が死んだ？　わしは、そのうちの一人を助けてくれと頼んでいる。

この言葉がハリーの胸を刺す。ハリーは考え、表情が固くなる。

ハリー　何を聞かれたか知りませんが――セオドール・ノットのことは作り話です。エイモス、お気の毒ですが。

デルフィー　ハロー。

アルバスはぎょっとする。デルフィー――二十歳を少し過ぎたくらいの、意志が強く、ちょっと風がわりな女性――が、階段裏からアルバスをのぞいている。

アルバス　君は誰？　だって、ここは、なんていうか、僕の家だし……

デルフィー　あ、ごめんなさい。脅かすつもりはなかったの。わたしもよく階段で盗み聞きしたわ。こうして腰かけて。誰かが何かちょっとでもおもしろいことを言うのを待つの。

デルフィー　わたし、もちろん泥棒よ。あなたの持っているものを全部盗むところ。金を出せ、杖を出せ、蛙《かえる》チョコレートも出せ！（わざと怖い顔を作ってみせてから、笑顔になる）泥棒じゃなかったら、わたしはデルフィーニ・ディゴリーよ。（階段を上ってきて、片手を差し出す）デルフィー。あの人（エイモスのいるほうを指して）――エイモス――の面倒を見ている、というか、面倒を見る努力をしているの。あなたは？

アルバス　（苦々しげに微笑《ほほえ》んで）アルバス。
デルフィー　ああ、そうだわ！　アルバス・ポッター！　ハリーはあなたのお父さんね？　ちょっと「すごーい」ことじゃない？
アルバス　そうでもない。
デルフィー　あ、今、気にさわること言った？　学校じゃ、みんなわたしのことをこう言ってたわ。デルフィー・ディゴリー——彼女が口を出すと、傷口が広がるばかりだ。
アルバス　僕の名前のことだって、みんな勝手なことを言うよ。

間。デルフィーは注意深く少年を見つめる。

エイモス　デルフィー。

デルフィーは立ち去ろうとして、ふと足を止め、アルバスに微笑む。

デルフィー　親戚はえらべないわ。エイモスはわたしの患者だけど、おじでもあるの。アッパー・フラグリーで仕事をするようになったのも、それが一つの理由なのよ。でもおかげで苦労しているわ。過去にしがみつく人たちと暮らすのは、難しいことでしょ?
エイモス　デルフィー!
アルバス　アッパー・フラグリー?
デルフィー　聖オズワルド魔法使い老人ホーム。そのうち会いに来てね。気が向いたら。
エイモス　**デルフィー!**

デルフィーはにっこり笑い、軽い足取りで階段を下りて、エイモスとハリーのいる部屋に入っていく。アルバスはその様子を見守っている。

デルフィー　なあに、おじさん?
エイモス　こちらのお方はな、かつての偉大なハリー・ポッター、今は冷たい魔法省のお役人だ。もうお邪魔はせん。心安らかに過ごせばいいだろう。安らかかどうかわからんが。デルフィー、わしの車椅子を……

デルフィー　はい、おじさん。

エイモスを乗せた車椅子が部屋を出ていく。ハリーは、打ちひしがれた顔で一人残される。アルバスは、何か考え事にふけりながら、大人たちをじっと見ている。

第一幕　第7場

ハリー・ポッターの家
アルバスの部屋

アルバスがベッドに座り続けているあいだも、世界はその部屋の外で動き続けている。ドアの外の騒々しさをよそに、アルバスは身じろぎもしない。舞台の袖からジェームズのわめき声が聞こえてくる。

ジニー　ジェームズ、ねえ、髪のことは放っておいて、部屋をかたづけなさい……

ジェームズ　放っておける？　ピンク色なんだよ！　透明マントを使わないといけないよ！

ジェームズがドアの前に登場する。髪がピンクに染まっている。

ジニー　お父さんはそんなことのためにマントをあげたのじゃないわ！
リリー　誰かあたしの魔法薬の本、見なかった？
ジニー　リリー・ポッター、まさか、そんな恰好で明日学校に行くんじゃ……

リリーがアルバスの部屋の前に立つ。背中に生えた妖精の羽根をぱたぱたさせている。

リリー　気に入ってるの。ひらひらして。

リリーが退場するのと入れ替わりに、ハリーがアルバスの部屋の入口に立ち、中をのぞく。

ハリー　やあ。

気まずい沈黙が流れる。ジニーが入口に現れ、夫と息子の様子を見て一瞬足を止める。

アルバス　新学期のプレゼントを持ってきた——一つじゃない——ロンもこれをくれたよ……

ハリー　オーケー、「愛の妙薬」か。オーケー。みんな冗談だよ——なんの冗談かわからないけど。リリーは、おならをする庭こびと、ジェームズは櫛《くし》。梳《と》かしたら髪がピンクになった。ロンのやつ——まあ、ロンはそういう人だ。そうだろ？

ハリーは、アルバス用の「愛の妙薬」をベッドに置く。

父さんからも——これを……

ハリーは小さな毛布を取りだす。ジニーはそれを見る——夫の努力に気付き、そっと立ち去る。

アルバス　古い毛布？

ハリー　今年は何を贈ろうかと、ずいぶん考えた。ジェームズは——まあ、ジェームズはずいぶん前から、透明マントを欲しがっていたし、リリーは——あの子は羽根が大好きだ——でもおまえは。アルバス、もうおまえも14歳だ。何か——大切な意味のあるものを贈りたかった。これは——父さんのママからもらった最後の品だ。これ一つしかない。私はこれにくるまれて、ダーズリー家に預けられた。無くなってしまったと思っていたんだが——おまえの大おばさんのペチュニアが死んだときに、驚いたことに遺品の中に埋もれていたのをダドリーが見つけて——親切にも私に送ってくれた。それ以来——そう、幸運に恵まれたいときにはこれを探して、しっかり握った。もしかしたらおまえも……

アルバス　握りしめたいかって？　オーケー、握ったよ。これで幸運が来ますように。僕には必要なんだから。

アルバスは毛布に触れる。

ハリー　でも父さんが持っているべきだ。たぶん――いや、たしかに――ペチュニアおばさんは私に持たせたかったのだろう。だからしまっておいたのだろう。今度は私からおまえに渡したいんだ。父さんは母親のことをよく知らなかった――でも、母はきっと、おまえにも持っていてほしいと思っただろう。そして、私はおまえに会いに――その毛布に会いに――ハロウィーンの夜に訪ねていくかもしれない。私の両親が亡くなった夜に、父さんはおまえと一緒にいたい――それは私たち二人にとって、よいことだろうと……

アルバス　あのさ、僕、荷造りで忙しいんだ。父さんも魔法省の仕事で首までどっぷりだろうから……

ハリー　アルバス、この毛布をおまえが持っていてほしい。

アルバス　なんの役に立つっていうの？　妖精の羽根ならわかるよ、父さん、透明マントも、そういうものならわかる——でもこれって——なんのつもりなの？

ハリーはやや落胆する。息子を見ながら、心を通わせたいと必死になる。

ハリー　手伝おうか？　荷造り。父さんは荷造りが好きだった。プリベット通りを離れて、ホグワーツに戻るってことだったからね。学校は……まあ、おまえが好きじゃないのは知っているが、でも……

アルバス　父さんにとってはこの世で一番すばらしいところだった。知ってるよ。かわいそうな孤児で、ダーズリーおじさんとおばさんにいじめられて——

ハリー　アルバス、頼むから——二人で少し——

アルバス　——いとこのダドリーには傷つけられ、ホグワーツに救われた。全部知ってるよ、父さん。くだらないことばっかり、ベラベラベラ。

ハリー　その手にはひっかからないよ、アルバス・ポッター。

アルバス　あわれなみなしごが世界を救った――僭越ながら――魔法族を代表して申しあげます。我々はあなたの英雄的な行為に、どんなに感謝していることか。頭を深く下げるべきでしょうか、それとも膝を曲げるお辞儀で十分でしょうか？

ハリー　アルバス、頼むから――いいか、私は感謝されようと思ったことはない。

アルバス　でも僕は今、感謝であふれている――きっと、このかび臭い毛布というご親切な贈り物のおかげにちがいない……

ハリー　かび臭い毛布？

アルバス　いったい何が起こるって期待したの？　父さんと抱き合うとか、僕はいつも父さんを愛してた、なんて言うとか。どうなの？　どうなの？

ハリー　（我慢の限界にきて）どうなのかだって？　おまえの不幸の責任をとらされるのは、もう御免だ。おまえには少なくとも父親がいる。いいか、私にはいなかったんだ！

アルバス　それが不幸なことだと思うの？　僕はそう思わない。
ハリー　父さんが死んだほうがいいのか？
アルバス　ちがう！　ただ、僕の父さんじゃなかったらいいのに。
ハリー　（怒りで我を忘れて）そうか。私も、おまえが息子じゃなかったらいいのにと思うことがある。

しん、と静かになる。アルバスは黙ってうなずく。一瞬の間。ハリーは自分が口にした言葉の意味に気付く。

アルバス　いや、そういうつもりでは……
ハリー　いいや、そういうつもりなんだ。アルバス、おまえは私をイライラさせるやり方を知っている……
アルバス　父さんは本気で言ったんだ。それに、はっきり言って、無理もないと思う。

重苦しい間。

ハリー　一人にしてくれないかな。
　アルバス、お願いだから……

アルバスは毛布をつまみあげて放り投げる。ロンがくれた愛の妙薬の瓶に当たり、薬がこぼれる。薬は毛布やベッドいっぱいに広がり、ぽっと小さな煙を上げる。

アルバス　これで僕には愛も幸運もなしだ。

アルバスは部屋を飛び出し、ハリーは後を追う。

ハリー　アルバス、アルバス……待ってくれ……

第一幕　第8場　夢　岩の上の小屋

ドーンという大音響。**バターン**と大きな音。ダドリー・ダーズリー、ペチュニアおばさん、バーノンおじさんはベッドに隠れて縮こまっている。

ダドリー・ダーズリー　ママ、怖いよ。

ペチュニアおばさん　ここに来たのが間違いだったのよ。バーノン、バーノン。隠れるところはないわ。灯台だって十分に遠いとは言えないのだから。

また**ドーン！**という大きな音が聞こえる。

バーノンおじさん　待て、待て。相手がなんだろうと、まだここまでは来ていない。

ペチュニアおばさん　呪われているんだわ！　あいつが私たちを呪ったのよ！　あの子

が呪ったんだわ！（少年のハリーを見て）おまえのせいよ。自分の穴にお戻り。

少年のハリーは、バーノンおじさんがライフルを構えるのを見てひるむ。

バーノンおじさん　誰だか知らんが、いいか――こっちには銃があるぞ。

何かが壊れる**ものすごい音**がして、入口のドアが蝶番《ちょうつがい》から外れる。入口の真ん中に、ハグリッドが立ちはだかっている。ハグリッドが、全員を見回す。

ハグリッド　お茶でも入れてくれんか？　え？　大変な旅だったぞ。

ダドリー・ダーズリー　見て、あの、ひと。

バーノンおじさん　下がれ、下がれ。ペチュニア、下がってわしの後ろに隠れろ。ダドリー、わしの後ろだ。このなんじゃもんじゃをすぐに追い払ってやる。

ハグリッド　なんじゃがどうしたと？（バーノンおじさんの銃を取りあげながら）こん

なもんは、しばらくお目にかかっとらんな。（銃の筒先をねじ曲げて一結びする）おーっと（ハリー少年の姿に気付いて、そちらを見る）ハリー・ポッター。

少年ハリー　ハロー。

ハグリッド　最後におまえを見たときにゃ、まだほんの赤ん坊だったなあ。おまえさん、父さんそっくりだ。でも目は母さんの目だなあ。

少年ハリー　父さんと母さんを知ってるの？

ハグリッド　うっかりしとった。誕生日おめでとう。ちょいとあげたいモンがある——どっかで尻に敷いっちまったかもしれんが、味はおんなじだ。

ハグリッドは、コートの中から、少しひしゃげたチョコレートケーキを取りだす。ケーキには、緑のアイシングで「ハリー　お誕生日おめでとう」と書いてある。

少年ハリー　あなたは誰？

ハグリッド　（声をあげて笑いながら）さよう、まだ自己紹介をしとらんかった。ルビウス・ハグリッド、ホグワーツの領地と鍵の番人だ。(身の周りを見回して) 紅茶はどうした? もうちょいと強い液体でもかまわんぞ。あればだが。

少年ハリー　ホグなんとかって?

ハグリッド　ホグワーツだ。ホグワーツのことは、もちろん知っとろうな。

少年ハリー　あの――いいえ、ごめんなさい。

ハグリッド　ごめんなさい? それはこいつらのセリフだ。おまえさんが手紙を受け取っとらんのは知っとったが、まさかホグワーツのことも知らんとは。なんてこった! おまえの両親がどこで学んだのか、不思議に思わなんだのか?

少年ハリー　何を学んだの?

ハグリッドは恐ろしい剣幕でバーノンおじさんを見る。

ハグリッド　おい、この子が――この子ともあろうものが!――何も知らんというのか?——なんにも?

バーノンおじさん　その子にそれ以上何も言ってはいかん!

少年ハリー　何を言うなっていうの?

ハグリッドはバーノンおじさんを見て、それからハリーを見る。

ハグリッド　ハリー——おまえさんは魔法使いだ——おまえさんが何もかも変えた。おまえさんは世界一有名な魔法使いだ。

そのとき、劇場の真後ろから、誰もの耳にも届くささやき声で、まぎれもないあの声が聞こえてくる。**ヴォルデモート**の声だ……

ハァァァリィー・ポッタァァァァー……

第一幕　第9場　**ハリーとジニー・ポッターの家　寝室**

ハリーは突然目が覚める。夜の闇の中で深呼吸をする。時間をかけて、気持ちを落ち着ける。次の瞬間、額に激しい痛みが走る。額の傷痕が痛む。周りで闇の魔術の気配がする。

ジニー　ハリー……

ハリー　なんでもない。寝てなさい。

ジニー　ルーモス、光よ。

寝室が、ジニーの杖から放たれた杖灯《つえあか》りで明るくなる。ハリーは妻を見る。

ジニー　悪い夢？

ハリー　ああ。
ジニー　どんな?
ハリー　ダーズリーたちの――いや、はじめはそうだった――でも、別な夢になった。

間。ジニーは夫を見つめる――ハリーの心がどこにあるのか探ろうとする。

ジニー　「眠りの水薬《すいやく》」を飲む?
ハリー　いや、大丈夫だ。眠りなさい。
ジニー　大丈夫そうじゃないわ。

ハリーは押し黙っている。

（ハリーの動揺を見抜いて）辛かったでしょうね――エイモス・ディゴリーのこと。

ハリー　怒りなら、耐えられる。彼の言うことが正しいから辛い。エイモスの息子は、私のせいで死んだ——

ジニー　そんなこと、自分にたいして厳しすぎるわ——

ハリー　——私には何も言えない——誰にもなんにも——言えばかえって間違ったことを言ってしまう。

ジニーは、ハリーが何を——むしろ誰のことを——指しているのかがわかる。

ジニー　それが気になっていたのね？　ホグワーツに戻る前の晩、戻りたくない子には楽しい夜ではないわ。アルに毛布をあげたのは、とてもいいことだったわ。

ハリー　それからがひどかった。ジニー、私の言ったことは……聞こえたわ。

ジニー　それでも私に口をきいてくれるのか？

ハリー　それでも私に口をきいてくれるのか？

ジニー　それは、時が来ればあなたが謝るって、わかっているからよ。本気で

ハリー　言ったのじゃないんですもの。あなたの言ったことは――ほかのいろいろなことを被い隠している。ハリー、あの子に対して正直になればいいのに……あの子に必要なのはそれだけだわ。

ジニー　あの子がジェームズやリリーのようだったらいいのに。

ハリー　（冷めた調子で）うーん、そこまでは正直にならないほうが。

ジニー　いいや、私はあの子のどこも変える気はない……ただ、ほかの子は理解できるのに……

ハリー　アルバスはちがう子なのよ。それはいいことじゃない？　あの子にはきっとわかるのよ――つまり――あなたがハリー・ポッターという仮面を着けているときにはね。あの子はほんとうのあなたが見たいの。

「真実。それは美しくも恐ろしいもの。だからこそ、注意深く扱わねばならない」

ジニーは驚いて夫の顔を見る。

ジニー　ダンブルドアだ。

ハリー　子どもに対して言うにしては、変な言葉ね。その子が、世界を救うために死ななければならなくなると信じていれば、変じゃない。

ハリーはまた、あっと息を止める。額を触ってしまわないように必死でこらえる。

ジニー　ハリー、どうかした？

ハリー　いや、大丈夫だ。君の言うことはわかる。努力して――

ジニー　傷痕が痛むの？

ハリー　いや、いや、大丈夫だ。さあ、杖灯りを消して、少し眠ろう。

ジニー　ハリー、最後に痛んでから、何年になるの？

ハリーはジニーを見る。ハリーの顔がすべてを語っている。

ハリー

22年だ。

第一幕　第10場

ホグワーツ特急

アルバスは、急ぎ足で列車の通路を歩いている。

ローズ　アルバス、ずっと探してたのよ……

アルバス　僕を？　どうして？

ローズは、言うべきことをどういう言葉にすればいいのか迷う。

ローズ　アルバス、4学年目が始まるわ。つまり、新しい学年の初めよ。また友だちになりたいの。

アルバス　友だちだったことはないよ。

ローズ　ひどいわ！　6歳の時、あなたはわたしの一番の友だちだったじゃな

アルバス　い！　大昔さ。

立ち去ろうとするアルバスを、ローズは空いているコンパートメントに引っぱりこむ。

ローズ　噂を聞いた？　魔法省が、二、三日前に大掛かりな手入れをしたって。

アルバス　あなたのお父さん、ものすごく勇敢だったらしいわ。

ローズ　君って、僕の知らないことをなんでも知ってるね。どうして？

どうやら相手は――手入れされた魔法使いのことよ――セオドール・ノットだと思うけど――ありとあらゆる規則破りの不正な品を持っていたらしい。たとえば――このことでみんなが落ち着かなくなっているんだけど――不正な逆転時計《タイムターナー》。しかも相当高級な品だって。

アルバスはローズの顔を見つめる。謎がだんだん解けていく。

アルバス　逆転時計《タイムターナー》？　父さんが逆転時計《タイムターナー》を見つけた？
ローズ　シッ！　そうなの。ね、すごいじゃない？
アルバス　確かなの？
ローズ　絶対よ。
アルバス　それじゃ、僕、**すぐに**スコーピウスを探さなくちゃ。

アルバスは通路を行き、ローズは後を追う。言うべきことを言い切ってしまうまでは、引き下がるつもりはない。

ローズ　アルバスったら！

アルバスが、固い表情で振りむく。

アルバス　僕に話しかけろって、誰に言われた？

ローズ　（弾かれたように）いいわ。たぶんあなたのママからわたしのパパにふくろう便が来たの——あなたのことを心配したからだと思うわ。だから、わたし——

アルバス　ローズ、僕のことは放っておいてくれ。

スコーピウスは、いつもと同じコンパートメントに座っている。アルバスが先に入り、ローズも諦めずに後に続く。

スコーピウス　アルバス！　ああ、ハロー、ローズ。君の匂いはなんだろう？

ローズ　わたしが何か**匂う**の？

スコーピウス　ちがうよ。すてきなことを言ったつもりなんだ。君の香りはフレッシュな花、フレッシュな——パン。

ローズ　アルバス、わたし、近くにいるからね。必要なことがあったら。

スコーピウス　パンだよ。すてきな、おいしいパン……パンのどこが悪いの？

ローズは、やれやれというふうに首を振りながら離れていく。

ローズ　パンのどこが悪いの？　ですって！

アルバス　あちこち君を探したんだ……

スコーピウス　そして君は僕を見つけた。ジャジャーン！　隠れちゃいなかったよ。君にはわかってるだろうけど……僕は早めに乗車するんだ。じろじろ見られたりしないようにね。大声でひどいことを言われたり、トランクに「ヴォルデモートの息子」なんて落書きされたり。いつまでもしつこいんだよね。ローズ、僕のことがほんとに嫌いなんだ。そうだろ？

アルバスは友人を抱きしめる。しっかりと。どちらもそのまま動かない。間。スコーピウスは面食らう。

オーケー、おい、ウ、抱き合ったことあったっけ？　僕たち、ハグするのか？

二人はぎこちなく体を離す。

アルバス　この24時間、ちょっとおかしくてね。
スコーピウス　そのあいだに何があったの？
アルバス　あとで話すよ。僕たち、汽車を降りなくちゃ。

舞台袖から警笛の音が聞こえ、汽車が動きはじめる。

スコーピウス　もう遅いよ。汽車は動きだした。次はホグワーツ！
アルバス　なら、動く汽車から飛び降りなくちゃ。
車内販売の魔女　何か要《い》りませんか？

アルバスは、窓を開けて外に身を乗り出す。

スコーピウス　動く「魔法の」汽車だぞ。

車内販売魔女　かぼちゃパイはいかが？　大鍋ケーキはいかが？

スコーピウス　アルバス・セブルス・ポッター、そのおかしな目つきはやめろよ。

アルバス　第一の質問。三校対抗試合について、君は何を知っている？

スコーピウス　（嬉しそうに）おおおっ、クイズか！　三つの学校が三人の代表を選び、優勝杯をかけて三つの課題に挑む。それがどうかしたか？

アルバス　君って、すごい歴史おたくだ。気付いてるか？

スコーピウス　ああ、まあね。

アルバス　第二の質問。三校対抗試合は、なぜ20年以上開かれなかったか？

スコーピウス　最後の試合に、君の父さんと、セドリック・ディゴリーという生徒が出場して——二人一緒に優勝しようと決めたが、優勝カップが移動キーだった——それで二人はヴォルデモートのところに運ばれ、セドリックが殺された。その直後に試合は取りやめになった。

アルバス　よろしい。第三の質問。セドリックは殺される必要があったか？　簡単な質問だ。答えも簡単。なかった。ヴォルデモートはなんと言ったか。「よけいなやつは殺せ」だ。よけいなやつ。僕の父さんと一緒にいたばかりに、死んだんだ。父さんはその子を助けられなかった——でも僕たちにはできる。過ちがおきたけれど、僕たちが直せる。逆転時計《タイムターナー》を使うんだ。僕たちがセドリックを取り戻す。

スコーピウス　アルバス、理由は言わなくともわかると思うけど、僕は逆転時計《タイムターナー》の大ファンとは言えない……

アルバス　エイモス・ディゴリーが逆転時計《タイムターナー》を欲しがったとき、父さんは、そんなものは存在しないと言った。父さんは老人に嘘をついた。息子を取り戻したかっただけなのに——ただ息子を愛していただけなのに。嘘をついたんだ。だって、父さんにとっては、そんなこと、どうでもよかったんだ……どうでもいいんだ。父さんがどんなに勇敢なことをしたかって、みんなが話している。でも父さんは間違いも犯した。大きな過ちも。僕はその一つを正したいんだ。僕たちでセドリックを助けたいんだ。

スコーピウス　いいねえ。どうやら、君の脳みそをつなぎとめていた何かが折れたな。
アルバス　スコーピウス、僕はやる。やらなくちゃならないんだ。君も僕もわかっていることだけど、君が一緒に来てくれないと、僕は絶対しくじる。さあ、行こう。

アルバスはにやっと笑い、汽車の上によじ登っていく。スコーピウスは、一瞬ためらい、顔をしかめる。しかし、何をすべきかわかっている――自分がこれから何をするかもわかっている――そして、窓から身を乗り出し、アルバスに続いて客室の外に姿を消す。

第一幕　第11場　ホグワーツ特急　屋根の上

風がうなりをあげて四方八方から吹きつけてくる。烈《はげ》しい風だ。車両の屋根に、アルバスは決然として、スコーピウスは体をこわばらせて立っている。

スコーピウス　オーケー。僕たちは列車の屋根の上だ。速い。怖い。すごい。自分のことがもっとよくわかったような気がする。君のことも少し。でも――

アルバス　僕の計算では、まもなく鉄橋にさしかかる。そこから聖オズワルド魔法老人ホームまでは、ちょっとだけハイキングだ……

スコーピウス　まもなくなんだって？　どこへ行くって？　僕、君と同じくらい興奮してるよ。人生初めての反乱だ――イエイ――列車の屋根――ゆかいだ――でも――うわ。

スコーピウスは、見たくない光景を見てしまう。

アルバス　クッション呪文が効かなかったら、かわりに水がとても役に立つ。

スコーピウス　アルバス、車内販売魔女だ。

アルバス　旅行用のスナックが欲しいのか？

スコーピウス　ちがうよ、アルバス。車内販売魔女がこっちに来るんだ。

アルバス　そんなはずないだろ。ここは列車の屋根の上……

スコーピウスが指さす舞台上手を見ると、アルバスにも車内販売魔女の姿が見える。平気で台車を押しながら近づいてくる。

車内販売魔女　何か要《い》りませんか？　かぼちゃパイは？　蛙《かえる》チョコレートは？　大鍋ケーキは？

アルバス　うわ。

車内販売魔女　誰も私のことをよく知らない。私の大鍋ケーキは買っても――私のことはまるで気にとめない。最後に名前を聞かれたのはいつだったかも忘れてしまった。

アルバス　君の名前は？

車内販売魔女　忘れてしまった。ひとつ教えてやろう。ホグワーツ特急ができたときに――オッタライン・ギャンボル校長が直々《じきじき》にこの仕事をくれた……

スコーピウス　それって――１９０年前じゃないか。この仕事を１９０年も続けてるの？

車内販売魔女　この両手は、６００万個以上のかぼちゃパイを作った。かなりうまくなった。しかし、かぼちゃパイが簡単にほかのものに変わることには、誰も気が付かなかった……

車内販売魔女は、かぼちゃパイを一つつかみ、手榴弾《しゅりゅうだん》でも投げるように放り投げる。すると、パイは爆発する。

この私が、蛙チョコレートで何ができるか、信じられないだろうよ。

目的地に着く前に、誰かに汽車を降りさせたことは決してない。一度も。降りようとしたやつはいる――シリウス・ブラックと悪ガキ仲間、ウィーズリーの双子兄弟フレッドとジョージ。**全員失敗した。なぜならこの汽車は――誰かが降りるのを嫌うのだ……**

魔女の指が、みるみる伸びて、鋭く尖った釘状に変わっていく。魔女はほくそ笑む。

アルバス　さあ、席に戻るがいい。旅の終わりまで座っているのだ。

スコーピウス　スコーピウス、君の言うとおりだった。この汽車には魔法がかかっている。

アルバス　今この瞬間、僕は正しくても嬉しくない。

スコーピウス　でも僕も正しかった――鉄橋のこと――下に水が見える。クッション呪文を試すときだ。

アルバス　アルバス。そのアイデアはいただけない。

スコーピウス　そうかな？（一瞬ためらうが、ためらう時間はとうに過ぎていることに気付く）もう遅い。いち、に、さん、モリアーレ！　緩めよ！

呪文を唱えながら飛び降りる。

スコーピウス　アルバス……アルバス……

パニックしてアルバスの飛び降りた先を見下ろす。顔を上げると、近づいてくる車内販売魔女の姿が見える。髪を逆立て、鋭い指がますます鋭く光っている。

えーと、君といるのは見るからにおもしろそうだけど、僕は友だちの後についていかないと。

スコーピウスは鼻をつまみ、アルバスを追って飛び降りる。呪文を唱えながら。

モリアーレ！

第一幕　第12場　**魔法省　大会議室**

舞台上には大勢の魔女と魔法使いがひしめき、真の魔女や魔法使いにふさわしく、ひっきりなしに早口でおしゃべりをしている。中にはジニーとドラコとロンの姿もある。舞台の高いところに、ハーマイオニーとハリーが立っている。

ハーマイオニー　静粛に、静粛に。黙らせ呪文を使わせるつもりですか？（杖を振って一同を静かにさせる）結構。臨時総会を開催します。これほど大勢がお集まりくださったことを嬉しく思います。魔法界はここ何年にもわたって平和に暮らしてきました。「ホグワーツの戦い」でヴォルデモートを打ち負かしてから22年が経ちます。さしたる紛争も知らない世代が育ったことを喜ばしく思います。これまでは、ですが。さあ、ハリー？

ハリー　ヴォルデモートの仲間たちがここ数か月、動きをみせています。我々は、ヨーロッパを移動するトロール、海を渡りはじめた巨人を追跡してきました。狼人間は——えー、残念ながら、数週間前に姿をくらましました。どこに向かっているのか、誰がそのかしているのかはわかりません——しかし、動きがあることは把握しています——それが何を意味するのかが心配です。そこでお伺いしたいのですが——どなたか、何かを目撃しましたか？　何かを感じましたか？　杖を上げて発言なさってください。全員のご意見を伺います。マクゴナガル教授——どうぞ。

マクゴナガル先生　夏休みから戻ったとき、魔法薬の倉庫が荒らされていました。大量の材料が紛失したわけではありませんが、毒ツルヘビの皮やクサカゲロウなどが多少無くなりました。危険物リストに載っているものはありません。ピーブズが盗んだと考えています。

ハーマイオニー　教授、ありがとうございます。調査します。（会議室を見回して）ほかにご発言は？　よろしい。それと——一番深刻なことで——これは

ドラコ　ヴォルデモート亡き後に起こったことがないのですが――ハリーの傷痕が再び痛みはじめました。

ハーマイオニー　ヴォルデモートは死んだ。もういないのだ。

ドラコ　ええ、ドラコ、ヴォルデモートは死にました。しかし、いろいろ考えあわせると、ヴォルデモートか――またはその痕跡が――戻ってくる可能性を示唆しています。

会場がざわめく。

ハリー　さて、これは聞きにくい質問ですが、可能性を消去するためにお尋ねしなければなりません。闇の印をお持ちの方……何か感じませんでしたか？　一瞬チクリとでも？

ドラコ　またしても、闇の印を持つ者への偏見、そうなのか、ポッター？

ハーマイオニー　ドラコ、ちがいます。ハリーはただ――

ドラコ　なんのことかわかっているのか？　ハリーは、また自分の顔が新聞に載ることを望んでいるだけだ。これまでも毎年、年に一度はヴォルデモートが戻ってくるという噂が、「日刊予言者」に載った――

ハリー　私が噂の元だったことはない！

ドラコ　そうかな？　君の奥方は「日刊予言者」の記者ではないか？

かっとなったジニーがドラコのほうへ一歩踏み出す。

ジニー　スポーツ紙面よ！

ハーマイオニー　ドラコ、ハリーが、この件について魔法省の注意を喚起しました……私は魔法大臣として――

ドラコ　彼の友人だからその職に選ばれたにすぎない。

ロンはドラコに詰めよろうとするが、ジニーに押しとどめられる。

ロン　その口に平手打ちのキスをくれてやろうか？

ドラコ　はっきり言おう――彼の名声が君たち全員に影響を与えるのだ。誰もがポッターの名前を再びささやくようにするためには、（ハリーを真似て）「傷痕が痛む、傷痕が痛む」のセリフが一番だ。そして、それが何を意味するかわかるか？――ゴシップ好きの連中が、またしても息子の出生をバカげた噂の種にして、私の息子を貶《おとし》めるのだ。

ハリー　ドラコ、この件がスコーピウスと関係があるなんて、誰も言ってない……

ドラコ　とにかく、少なくとも私は、この会議はいかさまだと思う。失敬する。

ドラコは会議室を出ていき、ほかの魔女や魔法使いもばらばらと出ていく。

ハーマイオニー　みなさん、それでは困ります……戻ってください。戦略が必要なのです。

第一幕　第13場　**聖オズワルド魔法老人ホーム**

混沌そのもの。これぞ魔法。それが、ここ聖オズワルド魔法老人ホーム。このホームは、お望みどおりのおもしろさだ。

歩行器は魔法で生き物のように動き、編み物の毛糸は呪文でぐしゃぐしゃ、看護師たちはタンゴを踊らされている。

ここの老人たちは、目的のために魔法を使うという枷《かせ》から解放されている――魔女も魔法使いもみな、ただ楽しみのために魔法を使う。みんな、楽しくて仕方がない。

ホームに入ってきたアルバスとスコーピウスは、おもしろそうにあたりを見回す――だが率直なところ――少しひるんでもいる。

アルバス　あの、ごめんください……すみませんが……すみません！

スコーピウス　オーケー、まあね、ぶっ飛んだところだな。

アルバス　僕たち、エイモス・ディゴリーを訪ねてきました。

途端に、ホームは静まり返る。すべてがぴたりと静止する。やや滅入った雰囲気になる。

毛糸編みの魔女　坊やたち、あんな不機嫌で無礼なじいさんに、いったいなんの用だい？

デルフィーが笑顔で登場する。

デルフィー　アルバス？　アルバス！　嬉しいわ！　さあ、エイモスに会って。

第一幕　第14場
聖オズワルド魔法老人ホーム　エイモスの部屋

エイモスは、いらいらしながらスコーピウスとアルバスをにらんでいる。デルフィーは三人を見守っている。

エイモス　さて、どういうことか整理しよう。君は盗み聞きした——聞いてはいけない会話を聞いた——そして、誰にも言われないのに——実は許可も得ずに——他人ごとに無理やり介入することにした。

アルバス　父はあなたに嘘をついた——僕は知ってるんだ——逆転時計《タイムターナー》は保管してある。

エイモス　もちろん保管しておるとも。さあ、もう帰りなさい。

アルバス　えっ？　帰りません。助けたいんです。

エイモス　助ける？　ちびのティーンエイジャーが二人して、何ができるというのかね？

アルバス　父は、大人にならなくても魔法界を変えられることを証明しました。

エイモス　それじゃ、君がポッターだから、わしが君の介入を許すべきだとでも？　有名な名前の七光りか？

アルバス　ちがう！

エイモス　スリザリン寮のポッター――そう、わしは君のことをどこかで読んだ――その君がマルフォイ家の子を連れてくるとは――ヴォルデモートの子かもしれないやつを？　君たちが闇の魔術に関わっていないとの保証はなかろう？

アルバス　でも――

エイモス　君の情報は、もうわかっていたことだが、確認してくれたのは役に立った。君の父親はたしかに嘘をついた。さあ、帰れ。二人とも。これ以上わしの時間をむだにするな。

アルバス　（きっぱりとした口調で）そうじゃない。僕の言うことを聞いてください。あなた自身が言ったことです――父の手には、どんなに多くの人の血がついていることか。どうか、あなたがそれを変えるための手助けをさせてください。父親の過ちの一つを正させてください。どうか信じて。

エイモス　（声を荒げて）聞こえなかったのか？　わしにはおまえを信じる理由はない。帰れ。今すぐ。さもないと**わしが**去らせてやる。

エイモスが脅すように杖を上げる。アルバスはその杖を見る——気がくじける——エイモスに決意を砕かれてしまう。

スコーピウス　おい、行こうよ。僕たちにどこか優れているところがあるとすれば、嫌われているのを察知することじゃないか。

アルバスは去りたくない。スコーピウスが腕を引っぱる。二人は踵《きびす》を返して立ち去りかける。

デルフィー　おじさん、この子たちを信じる理由が一つあるわ。

二人は足を止める。

この二人だけが、助けようと名乗りでたのよ。勇敢にも、危険を冒してまでも、あなたの息子を取り戻してくれるつもりよ。ここに来るだけでも、この子たちは危険を冒したにちがいない……

エイモス　わしらが話しているのは、セドリックのことだ……

デルフィー　それに――おじさん自身がおっしゃったじゃない――ホグワーツ内に誰かいれば、**とっても**好都合だって。

デルフィーはエイモスの頭のてっぺんにキスをする。エイモスがデルフィーを見る。それから向き直って少年たちを見る。

エイモス　なぜだ？　なぜ危険を冒そうとするんだ？　それが君たちにとってな

んになる？

アルバス　「よけいもの」がどんなものか、僕は知っている。ミスター・ディゴリー、あなたの息子は殺されるべき人ではなかった。僕たちが取り戻す手助けをします。

エイモス　（はじめて感情をあらわにして）息子よ――わしの人生で一番素晴らしい宝だった――君の言うとおり、あれは理不尽だった――とんでもなく理不尽な――君たちが本気なら……

アルバス　僕たち本気も本気です。

エイモス　危険だぞ。

アルバス　わかっています。

スコーピウス　そうかな？

エイモス　デルフィー――おまえも二人と一緒に行くつもりがあるかな？

デルフィー　それでおじさんが満足するなら。

デルフィーがアルバスに微笑《ほほえ》みかける。アルバスも微笑み返す。

エイモス　逆転時計《タイムターナー》を手に入れることでさえ、命を危険にさらすことを、承知しておるのだろうな。

アルバス　僕たち、命を危険にさらす覚悟です。

スコーピウス　そうかな？

エイモス　（重々しく）君たちにその力があることを望む。

—

第一幕　第15場　ハリーとジニー・ポッターの家　キッチン

ハリー、ロン、ハーマイオニー、ジニーが食卓を囲んでいる。

ハーマイオニー　ドラコには何度も言ったのよ——魔法省の誰も、スコーピウスのことは何も言っていないって。噂の出所は私たちじゃないわ。

ジニー　私、手紙を書いたわ——アストリアが亡くなってから——何か私たちにできることはないかって。たとえば——スコーピウスはアルバスの良い友だちですもの——スコーピウスがクリスマス休暇にうちに泊まりに来たいかもしれないと思って——私のふくろうが手紙を持って帰ってきたけど、短い返事だった。「ご主人に言ってくれ。息子に関する根拠のない噂を徹底的に否定してくれ」と。

ハーマイオニー　こだわりすぎね。

ジニー　めちゃめちゃになっているわ――悲しみでめちゃめちゃなのよ。

ロン　奥さんの死には同情するよ。だけど、ハーマイオニーを非難するのは……まあ……（テーブルのむこうのハリーを見て）おい、心配するな。しゃんとしろよ。僕がしょっちゅう彼女に言うことだけど、なんでもないかもしれないぞ。

ハーマイオニー　彼女にって？

ロン　トロールが動いているのは、パーティにでも行くところかもしれないし、巨人は結婚式に行くのかも。君が悪夢を見るのは、アルバスのことを心配しているからかもしれないし、傷痕が痛むのは、歳をとったせいかもな。

ハリー　歳だって？　ありがとうよ。

ロン　まじめな話、僕、腰かけるときに「よいしょ」って言うんだ。「よいしょ」だぜ。それに足だ――足の痛みときたら――足痛みの歌ってのが書けそうだ――君の傷痕もおんなじようなものかもな。

ジニー　くだらないことばっかり。

ロン　なにしろ僕の特技だからね。「ずる休みスナックボックス」もそうだし、諸君を愛する心も同じさ。ガリガリジニーまで愛してる。

ジニー　やめてくれ。

ロン　ロナルド・ウィーズリー、お行儀良くしないとママにいいつけるわよ。

ハーマイオニー　ヴォルデモートの一部が、どんな形にせよまだ生きているなら、私たちは備えないといけないわね。怖いわ。

ジニー　私も。

ロン　僕は怖くない。ママ以外は。

ハーマイオニー　ハリー、私は真剣よ。この点に関しては、私はコーネリウス・ファッジとはちがう。駝鳥《だちょう》みたいに砂に首を突っこんで、見ないふりをしたりはしない。そのことでドラコ・マルフォイにどんなに嫌われてもかまわない。

ロン　もともと君は人気とりタイプじゃないだろ？

ハーマイオニーはロンを恐い目つきでにらみ、ぶとうとするが、ロンはとびすさって避《よ》ける。

残念でした。

代わりにジニーがロンをぴしゃりとぶつ。ロンは顔をしかめる。

当たり。ばっちり当たった。

いきなり、ふくろうが一羽、部屋に飛びこんでくる。舞いおりながら、ハリーの皿に一通の手紙を落とす。

ハーマイオニー　ふくろう便には遅い時間じゃない？

ハリーは驚いた顔で手紙を開ける。

ハリー　マクゴナガル先生からだ。

ジニー　なんて？

ハリーが顔色を変える。

ハリー　ジニー、アルバスだ――アルバスとスコーピウス――学校に着いていない。行方不明だ！

第一幕　第16場　ロンドンの官庁街　ホワイトホール　地下室

スコーピウスは薬の入った瓶を疑わし気ににらんでいる。

スコーピウス　じゃ、これを飲むの？

アルバス　スコーピウス、君に説明しなくちゃならないのか――超おたくの、魔法薬の専門家に――ポリジュース薬を？　デルフィーのすばらしい調合のおかげで、これからこの薬を飲み、姿を変える。変装して魔法省に乗りこむんだ。

スコーピウス　オーケー、質問が二つだ。質問の一、痛いのか？

デルフィー　とっても――そう聞いているわ。

スコーピウス　それはどうも。わかってよかったよ。質問の二――君たち、ポリジュース薬の味を知ってる？　魚の味がするって聞いたけど。もしそうなら、すぐ吐き出すからね。魚は苦手だ。これまでそうだったし、これからもそうだ。

デルフィー　警戒するわ。（薬を一気に飲みほす）魚の味はしないわ。（姿が少しずつ変わりはじめる。身をよじるような苦痛）むしろ、なかなかいい味。おいしい。でも、痛い……（大きなげっぷをして）訂正。これ――少し――（もう一つげっぷをすると、その姿はハーマイオニーに変わっている）ちょっと――強烈な――魚の後味。

アルバス　オーケー、それは――ウワー！

スコーピウス　ウワーの二乗！

デルフィー／ハーマイオニー　この感覚、予想外だわ――声まで彼女みたい。ウワーの三乗！

アルバス　よーし、次は僕だ。

スコーピウス　待ってちょうだいの長太郎！　こんなことをやるなら、（見慣れた形の眼鏡をかけ、にやっと笑う）一緒にやろうじゃないか。

アルバス　いち、に、さん。

二人は薬を飲みこむ。

あ、いいぞ。（激しい痛みを感じて）あ、それほど、よくないぞ。

二人とも姿が変わりはじめる。痛みに身をよじる。
アルバスはロンに、スコーピウスはハリーに変わる。
二人は顔を見合わせる。沈黙。

アルバス／ロン　ちょっと不気味なことになるな、な？
スコーピウス／ハリー　（芝居がかって――スコーピウスはおおいに楽しんでいる）部屋に戻れ、まっすぐ戻りなさい。おまえはとんでもない困った悪い息子だ。
アルバス／ロン　（笑い声をあげて）スコーピウス……
スコーピウス／ハリー　（さっとマントをはおって）君の言い出したことだ――僕がハリーで、君がロンだって！　本番の前に少しふざけようと……（大きなげっぷをする）オーケー、とにかく気持ち悪いなあ。

アルバス／ロン　あのね、うまく隠してるけど、ロンおじさんちょっとおなかが出てきたなあ。

デルフィー／ハーマイオニー　もう出かけたほうがいいわ——でしょう？

三人は通りに出る。電話ボックスに入り、６２４４２をダイヤルする。

電話ボックス　いらっしゃいませ、ハリー・ポッター、ハーマイオニー・グレンジャー、ロン・ウィーズリー。

にやっと笑う三人を乗せ、電話ボックスは床下に消えていく。

第一幕　第17場　魔法省　会議室

ハリー、ハーマイオニー、ジニー、ドラコは、せまい会議室の中を落ち着きなく歩き回っている。

ドラコ　汽車の沿線をくまなく探しただろうか？

ハリー　私の部署の者が、一度探し、今、二度目の捜索をしている。

ドラコ　車内販売魔女は、何も役に立つ情報がないのか？

ハーマイオニー　車内販売魔女はかんかんに怒っています。オッタライン・ギャンボルの期待を裏切ったと繰り返すばかり。ホグワーツに生徒を届けた記録を誇りにしているから。

ジニー　マグルからの、魔法を使った形跡の報告はないの？

ハーマイオニー　今のところは何も。マグルの首相に知らせたところ、「ＭＰ」リストに載せました。ミスパーというらしい。なんだか呪文みたいだけれど、行方不明者リストです。

ドラコ　それでは、我々の子どもを探すのに、マグルに頼るわけか？　ハリーの傷痕のことまでも話してしまったのか？

ハーマイオニーは、だんだん高まっているその場の緊張を破ろうとする。

ハーマイオニー　マグルには手伝ってくれるよう頼んだだけです。それに、ハリーの傷痕とどんな関わりがあるのか、誰にもわかりません。しかし、このことは真剣に受け止めています。魔法省の闇祓《やみばら》いたちが、闇の魔術に関わる者たちを調査中です。

ドラコ　**断じて**死喰《しく》い人《びと》に関係することではない。

ハーマイオニー　私はあなたほど自信を持ってそう言い切れない……

ドラコ　自信があるのではなく、私は正しいのだ。いま闇の魔術に追随しているのはバカ者どもだ。私の息子はマルフォイ家の者だ。連中には到底

ハリー　手が出せない。これまでとはちがった何かがあるなら話は別だ。何か別な――

ジニー　私はドラコと同じ意見よ――もし人さらいなら――アルバスをさらうのならわかるけれど、二人ともとなると……

ハリーは、ジニーと目を合わせ、妻が自分に何を言わせたがっているのか、はっきりと悟る。

ドラコ　その上、スコーピウスは先導する人間ではなく、誰かについていくほうだ。これまで私がさんざん教えこもうとしてきたにもかかわらず。だから、あの列車からスコーピウスを連れ出したのは間違いなくアルバスだ。どこに連れて行こうとしたか、それが問題だ。

ジニー　ハリー、二人は家出したのよ。あなたにも私にもわかっていることだわ。

ドラコは、夫婦が見つめ合っているのに気付き、二人の間で、何かが言い交わされていることがわかる。

ドラコ　わかっている？　そうなのか？　何を隠しているのだ？

沈黙。

ハリー　どんな情報を隠しているか知らないが、我々にも教えるように願いたいものだ。

ドラコ　私はアルバスと口論した。二日前のことだ。
それで……

ハリーはしばらくためらうが、勇気を奮ってドラコの目をまっすぐに見る。

ハリー　それで、おまえが私の息子でなかったらよいのにと思うことがある、とあの子に言った。

また沈黙。深い意味をはらんだ沈黙。そしていきなり、ドラコが脅すようにハリーのほうに一歩踏み出す。

ドラコ　スコーピウスの身にもし何かあったら……

ジニーが二人のあいだに割って入る。

ジニー　脅しを振り回すのはやめて、ドラコ。どうかそんなことをしないで。
ドラコ　（大声で）私の息子が行方知れずなのだ！
ジニー　（劣らず大声で）私の息子もよ！

ドラコはジニーをにらみ返す。激しい感情が部屋中に渦巻いている。

ドラコ　（冷笑する口元が父親に生き写し）金貨が欲しいのなら……マルフォイ家の何もかも……息子はたった一人の後継ぎだ……あの子は私の――たった一人の家族だ。

ハーマイオニー　魔法省には十分余裕があります。ドラコ、お申し出には感謝しますが。

ドラコは立ち去ろうとして足を止め、ハリーを振り返る。

ドラコ　君が何をしたか、誰を救ったかなど、私には無関係だ。ハリー・ポッター、君は私の家族にとって、絶え間ない呪いだ。

第一幕　第18場　魔法省　廊下

スコーピウス／ハリー　絶対そこにあるって思うのか？

守衛が脇を通っていく。スコーピウス／ハリーとデルフィー／ハーマイオニーは芝居を始める。

はい、大臣、この件は魔法省が熟慮すべきであると確信していますよ、ええ。

守衛　（会釈をして）大臣閣下。

デルフィー／ハーマイオニー　一緒に熟慮しましょう。

守衛が行ってしまうと、三人はほっと息をつく。

「真実薬」を使うというのはおじさんのアイデアよ――訪問に来た魔法省の役人の飲み物に、こっそり垂らしてやったの。逆転時計《タイムターナー》が保管してあるって言っただけじゃなくて、どこにあるかまでしゃべったわ――魔法大臣のオフィスだって。

デルフィーが魔法大臣室のドアを指さす。そのとき、急に話し声が聞こえてくる。

ハーマイオニー　（舞台袖から）ハリー……この件はよく話しあいましょう……

ハリー　（舞台袖から）話すことは何もない。

デルフィー／ハーマイオニー　ああ、どうしよう。

アルバス／ロン　ハーマイオニーと父さんだ。

パニックは一気に三人に広がる。

スコーピウス／ハリー　オーケー。隠れる場所だ。どこもない。誰か透明呪文を知らないか？

デルフィー／ハーマイオニー　大臣のオフィスに――入る？

アルバス／ロン　ハーマイオニーがオフィスに来るよ。

デルフィー／ハーマイオニー　ほかに場所はないわ。

　ドアを開けようとするが開かない。もう一度試す。

ハーマイオニー　(舞台袖から) あなたがそのことを、ジニーか私に話さないなら……

スコーピウス／ハリー　下がってて。アロホモーラ！

　ドアに杖を向けると、勢いよく開く。うまくいったので、にやっと笑う。

アルバス、大臣をブロックしろよ。君しかできない。

ハリー　(舞台袖から) 何を話せと言うんだ？

アルバス／ロン　僕？　どうして？
デルフィー／ハーマイオニー　あのね、私たちにはできないでしょ？　私たちは**あの人たち**なのよ。
ハーマイオニー　（舞台袖から）あなたが言ったことは、もちろん間違っていたわ——でも——ほかにもっと、いろいろな要素が絡んでいる——
アルバス／ロン　僕、できない……できないよ……

押したり押されたりの一騒動のあと、結局アルバス／ロンがドアの外に残されるはめになる。ハーマイオニーとハリーが袖から姿を現す。

ハリー　ハーマイオニー、**心配**してくれるのはありがたいけど、その**必要**は——
ハーマイオニー　ロン？
アルバス／ロン　びっくりー!!!
ハーマイオニー　ここで何しているの？

アルバス／ロン　夫が妻に会うのに理由がいるかい？

ハーマイオニーに思いきりキスをする。

ハリー　私は、行くよ……

ハーマイオニー　ハリー、私が言いたいのはね、ドラコがなんと言おうが——あなたがアルバスに言ったことは……いつまでもくよくよ考えるのは、誰のためにもならないってことなの……

アルバス／ロン　ああ、ハリーが言ったことを話してるのか。僕が——（言い直して）アルバスが自分の息子じゃなければいいとときどき思う、とか。

ハーマイオニー　ロン！

アルバス／ロン　溜《た》めとくより出しちまったほうがいい、僕はそう思う……

ハーマイオニー　あの子、わかってくれるわよ……誰でも本気じゃないのに言うことがある。あの子にはそれがわかってるわよ。

アルバス／ロン　でも、時には本気で言うことだってあるだろ……そしたら？

ハーマイオニー　ロン、今はそんなことを言うときじゃないわ、まったく。
アルバス／ロン　もちろんだ。バイバイ、僕の奥さん。

アルバス／ロンはハーマイオニーを見送りながら、オフィスを通り過ぎますようにと願う。だが、もちろんそうはならない。急いでハーマイオニーに追いつき、ドアの前に立ちふさがって、入れないようにする。一度目はブロックに成功。腰を振ってもう一度ブロックする。

ハーマイオニー　どうして私のオフィスの入口をブロックするの？
アルバス／ロン　してないよ。ブロックなんか。なんにも。

ハーマイオニーは、もう一度部屋に入ろうとするが、またしても通せんぼされる。

ハーマイオニー　してるわ。ロン、部屋に入れてちょうだい。

ハーマイオニーは、隙をみて脇をすり抜けようとする。

アルバス／ロン　もう一人、子どもをつくろうよ。

ハーマイオニー　なんですって？

アルバス／ロン　子どもじゃなきゃ、休暇だ。子どもか休暇が欲しい。断固言い張るぞ。ねえ、僕の奥さん、あとで話そうよ。「もれ鍋」で一杯やりながらはどうだい？　愛してるよ。

ハーマイオニーはちょっと考え、疑わしげにロンを見つめ、それからもう一度ドアを見る。ついに態度を和らげる。

ハーマイオニー　また「臭《くさ》い玉」を中に入れたのなら、マーリンでも助けてくれないわよ。いいわ。どうせマグルに現状を知らせないといけないから。

ハーマイオニーは退場していき、ハリーも後に続く。

アルバス／ロンがドアに向き直ったちょうどそのとき、ハーマイオニーが舞台に戻ってくる。今度は一人だ。

アルバス／ロン　子どもか——**さもなければ**——休暇、ですって？　あなたって、ときどきとんでもなくズレてるわ、わかってる？

アルバス／ロン　だから僕と結婚したんだろ？　僕のいたずらっぽい、おもしろいセンス。

ハーマイオニーは再び退場する。アルバス／ロンはドアを開きかけるが、またしても戻ってくるハーマイオニーを見て、バタンと閉める。

ハーマイオニー　魚の味がするわ。言ったでしょう？　魚のフィンガー・サンドイッチはやめなさいって。

アルバス／ロン　わかったよ。

ハーマイオニーが退場する。アルバス／ロンは、今度こそ戻ってこないことを確認して、ほっとしながらドアを開ける。

第一幕　第19場　魔法省　ハーマイオニーのオフィス

スコーピウス／ハリーとデルフィー／ハーマイオニーは、ハーマイオニーのオフィスのドアの陰に身を潜めて待っている。アルバス／ロンが入ってきて、疲れきったようにへたり込む。

アルバス／ロン　あー、何もかも変な感じだ。

デルフィー／ハーマイオニー　よくやったわ。みごとなブロック。

スコーピウス／ハリー　おばさんに500回もキスするなんて！　ハイタッチでほめるべきか、しかめっ面すべきか迷うよ。

アルバス／ロン　ロンは愛情あふれる人だよ。スコーピウス、僕は彼女の気をそらそうとしただけだ。そらしただろ。

スコーピウス／ハリー　それに、君の父さんが言ったこと……

デルフィー／ハーマイオニー　二人とも……彼女が戻ってくるわ——あんまり時間がない。
アルバス／ロン　（スコーピウス／ハリーに向かって）聞いただろ？
デルフィー／ハーマイオニー　ハーマイオニーは逆転時計《タイムターナー》をどこに隠すかしら？（部屋を見回し、本棚に目を留めて）本棚を探すのよ。

三人は本棚を探しはじめる。スコーピウス／ハリーは、気遣わしげにアルバス／ロンを見る。

スコーピウス／ハリー　どうして話してくれなかったんだ？
アルバス／ロン　父さんが、僕が息子でなきゃいいのにと言った。これじゃ会話がはずまないだろ？

スコーピウス／ハリーは、何を言うべきか言葉を探そうとする。

スコーピウス／ハリー　わかってるんだ——あのヴォルデモートのなんとかって——ほ

んとうじゃない――それに――あのね――でも、父さんが時々それを考えているのがわかる。どうやってこんな子ができたのか？　って。

アルバス／ロン　**それだって、**僕の父さんよりはましだ。父さんはきっと、しょっちゅう考えている。どうしたらこの子を送り返せるか？　って。

デルフィー／ハーマイオニーは、スコーピウス／ハリーの注意を本棚に戻そうとする。

デルフィー／ハーマイオニー　緊急の問題に集中したら？

スコーピウス／ハリー　僕が言いたいのは――アルバス、僕たちが友だちなのには――理由があるってことなんだ――なぜお互いに親しみを感じたかの理由。わかる？　そしてこの冒険が――どんなものであれ……

スコーピウス／ハリーは、ふと一冊の本に目を留めて、眉間にしわを寄せる。

アルバス／ロン　この本棚にある本を見たかい？　深刻な本があるよ。禁書だ。呪われた本だ。

スコーピウス／ハリー　難しい感情問題からスコーピウスの気をそらす方法。図書室に連れていけ。

アルバス／ロン　閲覧禁止の書棚にある本ばっかりだ。それだけじゃない。『最も邪悪なる魔術』『15世紀の悪しき悪霊』『ソーサラー魔法使いのソネット』——これなんか、ホグワーツの書棚に置くことさえも許されてないよ！

アルバス／ロン　『影と霊』、『毒草ベラドンナのネクロマンシー入門』

デルフィー／ハーマイオニー　すごい本ばかりねえ……

スコーピウス／ハリー　『オパール火の玉の真の歴史』『服従呪文とその悪用法』

ほら、これを見てよ。ヒャー。『我が目、そしていかに我が目を通り越して見るか』シビル・トレローニー著。占い術の本だ。ハーマイオニー・グレンジャーは占い術が嫌いなのに。おもしろいな。大発見だ……

棚から本を取りだすと、本はひとりでに開いて口をききはじめる。

本　一番目は四番目。残念な成績。
出口と入口が口なしでつながる
スコーピウス／ハリー　オーケー、本がしゃべる。ちょっと変だけどさ。薄気味悪いな。
本　二番目は二本足で歩く者。美しくない方。
毛深くて汚い、卵を乱すもの
三番目は山道の塔、登る道の塔
アルバス／ロン　なぞなぞだ。謎をかけてる。
本　町を曲がり、湖を渡り
デルフィー／ハーマイオニー　あなた、何をしたの？
スコーピウス／ハリー　僕、ア、本を開いた。それって――この世に生まれてからずっと今まで――別に危険なことじゃなかったけど。

棚の本が一斉にアルバス／ロンを捕まえようとする。アルバス／ロンは危ういところで身をかわす。

アルバス／ロン　いったいなんだ？

デルフィー／ハーマイオニー　（興奮して）ハーマイオニーが本を武装したのよ。本棚を武装したんだわ。ここに逆転時計《タイムターナー》があるはずよ。謎を解けば見つかるわ。

アルバス／ロン　一番目は四番目で、残念な成績。Ａ、Ｂ、Ｃ、Ｄ。成績のＤだ。出口と入口の口をとるとデ、イ。

スコーピウス／ハリー　二番目は卵を乱すもの、二本足で、美しくない方の……

デルフィー／ハーマイオニー　（いかにも嬉しそうに）男よ！　マン――メン。ディメンターだわ。ディメンターに関する本を探して。（本棚に近づく。すると本棚がデルフィーを飲みこもうとするので驚く）アルバス！

アルバス／ロンが本棚に駆け寄るが間に合わず、デルフィーはもう、本棚にすっぽり飲みこまれてしまっている。

アルバス／ロン　デルフィー！　どうしたんだ？

スコーピウス／ハリー　気を取られるな、アルバス。彼女の言うとおりにするんだ。ディメンターに関する本を探せ。気をつけろよ。

アルバス／ロン　あった。『ディメンターを出し抜いて支配する——アズカバンの真の歴史』

本が勢いよく開き、スコーピウス／ハリーをねらって宙で揺れる。スコーピウス／ハリーは本の攻撃を避《よ》けたはずみに、本棚に激しくぶつかる。本棚が彼を引きずりこもうとする。

本　私の生まれは　狭い檻《おり》
それを破った　激しい怒り
私の内なるゴーントが

なぞかけをして解き放つ
リドルのくびきを解き放つ

アルバス／ロン　ヴォルデモートだ。

本のあいだから泳ぐようにして出てきたデルフィーは、元の姿に戻っている。

デルフィー　急いで！

悲鳴をあげながらまた本棚の中に引きずられていく。

アルバス／ロン　デルフィー！　デルフィー！

デルフィーの手をつかもうとするが、すでに遅い。

スコーピウス／ハリー　元の姿になっていたぞ――気が付いたか？

アルバス／ロン　いいや！　デルフィーが本箱に食われるほうに気を取られてた。見つけるんだ。何か。なんでもいいからヴォルデモートに関する本だ。

アルバス／ロンは一冊の本に目をつける。

『スリザリンの継承者』？　これだと思うか？

棚から本を取りだそうとするが、反対に引っぱられ、アルバス／ロンも本棚に飲みこまれていく。

スコーピウス／ハリー　アルバス？　アルバス!!

スコーピウス／ハリーが助ける前に、アルバス／ロンの姿はもう見えなくなっている。スコーピウス／ハリーは一瞬考えて、どうすべきか迷うが、今やりかけのことをやり遂げるのが自分の役目だと気付く。

オーケー、それじゃない。ヴォルデモート、ヴォルデモート、ヴォルデモート。

本棚を急いで見渡す。

『マールヴォロ――真実』これにちがいない……

本を力任せに開く。本はまたしても、まぶしい光を散らしながら勢いよく飛んでいく。これまで聞こえていた声より一段と低い声が聞こえてくる。

本　私は生き物　君の見たことのない
私は君で　君は私　予見できないこだま
時には前に　時には後ろに
いつでも一緒　切り離せない

アルバスが棚の本のあいだから姿を現す。元の姿に戻っている。

スコーピウス／ハリー　アルバス……

アルバスは友人をつかまえようとする。

アルバス　だめだ。とにかく――か-ん-が-え-ろろろろろ

アルバスは、棚の中に乱暴に引き戻される。

スコーピウス／ハリー　でも、わからない……見えないこだま、いったいなんだ？　僕が得意なのは考えることだけなのに、考えるべきときには――できない。

何冊もの本がスコーピウス／ハリーを飲みこむ――どうしようもできない。恐ろしい光景。

あたりが静まり返る。三人とも飲みこまれてしまって、何も残っていない。やがて、

バーン！　――本が棚から、雨のように降ってくる――スコーピウスがまた現れる。降ってくる本を払いのける。

スコーピウス　だめだ！　やめろ！　シビル・トレローニー、やめろ!!!

あたりを見回す。困り果ててはいるが、闘志がみなぎっている。

何もかもむちゃくちゃだ。アルバス？　聞こえるか？　ばかばかしい「逆転時計《タイムターナー》」のせいでこんなことになってるんだ。スコーピウス、考えろ。考えるんだ。

本が襲いかかって捕まえようとするが、スコーピウス／ハリーはそれをかわす。

いつも一緒。時には前に、時には後ろに。待てよ。気付かなかった。影だ。おまえは影だ。

『影と霊』。これにちがいない……

スコーピウスは本棚をよじ登るが、恐ろしいことに、本棚が彼めがけてせり上がり、一段上るたびにつかみかかってくる。

スコーピウスが棚からその本を引き抜いた途端、騒音も混乱状態もぴたりと静まる。

これは――

いきなり、何かをたたき割るような音がして、アルバスとデルフィーが棚から吐き出されて床に転がる。

やったぞ！　図書室に勝った！

スコーピウスは勝った、とばかり両手を挙げ、アルバスはデルフィーを心配そうに見る。

アルバス　デルフィー、君……？

デルフィー　ウワー、興奮したわ。

アルバスは、スコーピウスが胸に抱えた本に気付く。

アルバス　それか？　スコーピウス？　本の中に何があるんだ？

デルフィー　見てみなくちゃ。ね？

スコーピウスは本を開く。開いた本の真ん中には――くるくる回る逆転時計《タイムターナー》。

スコーピウス　逆転時計《タイムターナー》だ――ここまで来ようとは思わなかったなあ。

アルバス　オイ、手に入れたんだから、次はセドリックを救うんだ。旅はまだ始まったばかりだよ。

スコーピウス　始まったばかりなのに、もう半分死にかけたな。いいなあ。おもしろいことになるぞ。

ささやき声が次第に高まってとどろく。舞台が暗転する。

幕間

第一部

第二幕

第二幕　第1場　夢　プリベット通り　階段下の物置

階段下の物置で寝ている子どものハリーは、悪い夢を見ている。近くに闇の姿を感じてもがく。

ペチュニアおばさん　（舞台袖から）ハリー。台所のポットが汚れっぱなしだよ。**ハリー・ポッター、こんな汚れたポットは恥さらしよ。**起きなさい。

幼いハリーは目を覚まし、上からにらんでいるペチュニアおばさんを見上げる。

子どものハリー　ペチュニアおばさん、いま、何時？

ペチュニアおばさん　とっくにその時間です。いいかい、おまえを預かることにしたとき、なんとかおまえを叩きなおせると思った――しつけて――まともな人間にできると思った。だから、私たちの責任だろうね、おまえがこんな――だらしないへなへなになったのは。

子どものハリー　僕、努力して――

ペチュニアおばさん　でも、努力が実っていないということかい？　グラスには油汚れ。鍋には擦り傷。さあ、起きて、とっとと台所の床を磨くんだよ。

ハリーはベッドを出る。ズボンのお尻に、おもらしの跡がある。

ああ、ああ、なんてこと？　またおねしょしたね。

シーツを乱暴にめくる。

とんでもないことを。

子どものハリー　ごめん……なさい。怖い夢を見たから。

ペチュニアおばさん　おまえには吐き気をもよおすわ。おねしょするのはけだものだけだよ。けだものとしょうのない子だけ。

子どものハリー　パパとママだった。二人を見たと思う――二人が――死ぬところを。

ペチュニアおばさん　そんなことに私が興味を持つ必要があるのかい？

子どものハリー　誰か男の人が、叫んだ。アドカバ　アドなんとか　アカブラ――アド――それに、蛇がシューシュー言ってた。ママの悲鳴が聞こえた。

ペチュニアおばさんは、一呼吸置いて気持ちを静める。

ペチュニアおばさん　おまえがほんとうに両親の死ぬところを見たんだったら、ブレーキのキキーッていう音と、ゾッとするようなドスンという音が聞こえたはずだ。おまえの両親は交通事故で死んだんだからね。わかっているはずだ。母親は叫ぶ間もなかったろうよ。それ以上細かいことは聞かないほうがお情けってものさ。さあ、シーツをはいで、台所に行って、床を磨くんだ。二度とは言わないよ。

叩きつけるようにドアを閉めて去っていく。

子どものハリーはシーツを握りしめて一人残される。

舞台装置はゆがみ、木々は幹を伸ばし、夢はねじれて、まったく別の何かに変わっていく。

ふいにアルバスが登場し、立ち止まって子どものハリーを見つめる。

やがてアルバスはぐいと引きもどされ、かわりに劇場中に蛇語のささやきが響く。

「あの人」がやってくる。「あの人」がやってくる。

聞きちがえようのないあの声だ。**ヴォルデモート**の声……

ハァァァリィー・ポッタァァァァー……

第二幕　第2場　ハリーとジニー・ポッターの家　階段

ハリーは、荒い息をしながら暗闇の中で目を覚ます。見るからに憔悴《しょうすい》し、恐怖に押しつぶされそうになっている。

ハリー　ルーモス。

入ってきたジニーが、杖灯《つえあか》りに驚いた顔をする。

ジニー　大丈夫……？
ハリー　私は眠っていたんだ。
ジニー　そうね。
ハリー　君は眠っていなかった。何か――知らせは？　ふくろう便か何

ジニー　か……？

ハリー　何も。

ジニー　夢を見ていた――私は階段下にいて、それから――声が聞こえた――ヴォルデモートの――生々しかった。

ハリー　ヴォルデモートの？

ジニー　それから、見えたんだ――アルバスが赤いローブを着て――ダームストラング校の制服を着ていた。

ハリー　ダームストラングのローブを？

ハリーは考えこむ。

ハリー　ジニー、アルバスがどこにいるかわかったと思う……

第二幕　第3場　ホグワーツ　校長室

ハリーとジニーは、マクゴナガル校長の校長室に立っている。

マクゴナガル校長　禁じられた森のどこかはわからないのですね？

ハリー　あんな夢はもう何年も見ていません。でも、アルバスはそこにいました。たしかにそこに。

ジニー　できるだけ早く探さないといけません。

マクゴナガル校長　ロングボトム先生にご相談なさい——先生の植物の知識が役に立つでしょう——それから——

出しぬけに、煙突からガタガタという音が聞こえ、マクゴナガル校長が、怪訝《けげん》そうに煙突を見る。暖炉からハーマイオニーが転がり出てくる。

ハーマイオニー　ほんとうなの？　何か私にできることは？
マクゴナガル校長　大臣――突然ですね……
ジニー　私のせいです――魔法省を説得して、「日刊予言者新聞」の号外を出すようにお願いしました。ボランティアを募る号外です。
マクゴナガル校長　そうですか。妥当な措置です。たぶん……大勢集まるでしょう。

ロンが部屋に飛びこんでくる。全身煤《すす》まみれで、ソースの染みがついた夕食用のナプキンを着けたままだ。

ロン　何か聞き損ねたかな――どの煙突を目指すのかわからなくて。なぜだかキッチンに出てしまったんだ。（ハーマイオニーににらまれ、自分でナプキンを取る）なんだい？

また、煙突がガタガタいいはじめ、ドラコがどしんと落ちてくる。ドラコと一緒に煤やほこりが滝のように落ちてくる。部屋中の者が、驚いた顔でドラコを見る。ドラコは立ちあがり、煤を払う。

ドラコ　ミネルバ、床を汚して申し訳ない。

マクゴナガル校長　いたしかたありません。あえて言うなら、暖炉を持っている私が悪いのです。

ドラコ　ドラコ、君が来るとは驚いた。君が私の夢を信じるとは思わなかった。

ハリー　信じない。しかし、君は運がいいと信じている。ハリー・ポッターは常に事件の渦中にいる。それに私は、息子を無事に取り戻したいのだ。

ジニー　それなら、禁じられた森に行って、二人を見つけましょう。

第二幕　第4場　禁じられた森の端

アルバスとデルフィーは、杖を構えて向かい合う。

アルバス　エクスペリアームス！　武器よ去れ！

デルフィーの杖が宙を飛んでいく。

デルフィー　できるようになったわ。うまいわよ。

デルフィーは杖を取り戻し、気取った声で言う。

「あなたって、ほんとに武装を解かせるのがうまい若者ですこと」

アルバス　エクスペリアームス！

デルフィーの杖がまたアルバスの手元に飛んでいく。

デルフィー　さあ、優勝者が決定しました。

ハイタッチしあう。

アルバス　僕、呪文が下手だった。

スコーピウスが舞台の奥から登場する。友人が若い女性と話しているのを見る――嬉しいような、おもしろくないような、複雑な気分だ。

デルフィー　わたしも全然ダメだった――でもコツを覚えたの。あなたもそうなるわ。わたしはスーパー魔女でもなんでもないけど、あなたは、アルバス・ポッター、もうひとかどの魔法使いになってるって感じよ。

アルバス　なら、僕と一緒にいて――もっと教えて――

デルフィー　もちろん一緒よ。友だちでしょう？

アルバス　うん、そう。友だちどうしだ。絶対に。

デルフィー　すてき。ウィゾー！

スコーピウス　何がウィゾーなんだい？

スコーピウスは、思い切って一歩踏み出す。

アルバス　呪文が使えたんだ。基本的なやつだけどさ、でもこれまでは僕――うん、ついにできたんだ。

スコーピウス　（仲間に入りたいがあまり、やけに熱心な口調で）僕のほうは、学校への道を見つけたよ。でもさ、うまくいくのかなあ……

デルフィー　絶対よ！

アルバス　すごい計画だよ。セドリックが殺されないようにする鍵は、三校対抗

スコーピウス　試合で優勝させないことだ。優勝しなければ殺されることもない。

アルバス　それはわかるんだけど、でも……

だから、僕たちは、第一の課題で、彼の勝つチャンスを見事にメチャメチャにしてしまえばいい。最初の課題はドラゴンの目の前から金の卵を取ることだ――セドリックは、どうやってドラゴンの気をそらしたのか――

デルフィーが挙手をする。アルバスはにやっと笑って、デルフィーを指す。二人の息はいまやぴったりだ。

ディゴリー君。

デルフィー　――はーい、岩を犬に変身させました。

アルバス　――うん、ちょっとエクスペリアームスを使えば、彼はそれができなくなる。

スコーピウスは、デルフィーとアルバスの二人だけのチームワークが気に入らない。

スコーピウス　オーケー。聞きたいポイントが二つある。一つは、ドラゴンが彼を殺してしまわない保証は？

デルフィー　この人って、いつでも二つポイントがあるのね。そんなことはおこらないわ。ホグワーツ校の中だもの。代表選手にそんなダメージは与えないわ。

スコーピウス　オーケー、二つ目の**ポイント**――このほうが重要な**ポイント**だ――昔にタイムトラベルしたあと、帰って来られるのかどうかを、僕たちは知らない。それはそれでワクワクするけど。最初だけはちょっと――一時間だけあっちに行ってみるっていうのはどうかな。そのあとで……

デルフィー　スコーピウス、気の毒だけど、そんな時間はないわ。こんなに学校に近いところで待っているだけでも危険すぎるのよ――みんなが、あなたたち二人を探しているにちがいないわ……

アルバス　デルフィーの言うとおりだ。
デルフィー　さあ、二人とも、これを着て――

デルフィーは、大きな紙袋を二つ差し出す。二人が、中からローブを取りだす。

アルバス　でも、これ、ダームストラングの制服だよ。
デルフィー　おじさんのアイデアなの。ホグワーツのローブだと、あなたたちが誰なのか、みんなが知っているはずよ。でも三校対抗試合に参加するあとの二つの学校なら――二人がダームストラングのローブを着ていれば――背景に溶けこんでしまうでしょ？
アルバス　かしこい！　ちょっと待って、君のローブはどこ？
デルフィー　アルバス、お世辞は嬉しいけど、わたしはもう、学生のふりはできないと思わない？　わたしは陰にいるわ。そして、そうね――ああ、ドラゴン使いのふりをするわ。呪文をかけたりするのは、どうせあなたたち二人ですもの。

スコーピウスは、デルフィーを見て、それからアルバスを見る。

スコーピウス　君は来ちゃいけない。

デルフィー　なんですって？

スコーピウス　君の言うとおりだ。呪文をかけるのに、君は要《い》らない。それに、君が生徒のローブを着ることができないなら――君がいっしょにいることのリスクは大きすぎる。デルフィー、悪いけど、来ちゃいけない。

デルフィー　でも、行かなくちゃ――わたしのいとこなのよ。アルバス？

アルバス　彼の言うとおりだ。悪いけど。

デルフィー　えっ？

アルバス　僕たち失敗しないから。

デルフィー　でもわたしがいないと――あなたたちには逆転時計《タイムターナー》が使いこなせないわよ。

スコーピウス　君が時計の使い方を教えてくれた。

デルフィーは承服できずに動転する。

デルフィー　だめよ。二人だけでこの仕事は……

アルバス　君は、おじさんに、僕たちを信用するようにと言った。今度は君が信用する番だよ。学校はもうすぐそこだ。ここで別れよう。

デルフィーは二人を見て大きく息を吸う。納得したようにうなずき、笑みを作る。

デルフィー　それじゃ行きなさい。でも——これだけは覚えておいて……今日あなたたちは、めったにないチャンスを得たのよ——今日、あなたたちが歴史を変えるの——時間そのものを変えるの。それだけじゃないわ。今日あなたたちは、一人の老人に、息子を返してあげるチャンスを得たのよ。

デルフィーはにっこり笑い、アルバスに向き直ってかがみこみ、両頬にそっとキスをする。

それから、一人で森の中に入っていく。アルバスはその後ろ姿を見つめる。

スコーピウス　僕にはキスしなかった――気が付いたか？（アルバスを見て）おい、アルバス、大丈夫か？　青い顔してるぞ。それに赤い。青くて赤い。

アルバス　さあ、始めよう。

第二幕　第5場　禁じられた森

森はさっきより大きくなり、枝葉も密集しているように見える。木々のあいだに――捜索を続ける人々の姿――行方不明の二人の魔法使いを探している。人影は少しずつ消えていき、ハリー一人が残される。

ハリーは、物音を聞きつけ、舞台上手を向く。

ハリー　アルバス？　スコーピウス？　アルバス？

ひづめの音が聞こえる。ハリーがはっとする。あたりを見回し、音のする方向を探す。いきなりベインが明るみの中に現れる。堂々たるケンタウルスだ。

ベイン　ハリー・ポッター。

ハリー　よかった、ベイン、僕を覚えていてくれたんだね。

ベイン　君は歳をとった。

ハリー　たしかに。

ベイン　しかし賢くはなっていない。我らの土地に侵入するとは。

ハリー　私はいつでもケンタウルスを尊敬してきた。我々は敵ではない。「ホグワーツの戦い」で、あなたたちは勇敢に戦った。私も一緒に戦った。

ベイン　私は自分の役割を果たした。しかし我が群れとその名誉のためだ。君たちのためではない。あの戦いのあと、この森はケンタウルスの土地だとみなされている。そして君は我々の土地にいる――許しを得ずに――ならば、君は我々の敵だ。

ハリー　ベイン、息子が行方不明なんだ。探すのを手伝ってほしい。

ベイン　その子はここにいるのか？　この森に？

ハリー　そうです。

ベイン　ならばその子も、君と同じく愚か者だ。

ハリー　助けてくれないか、ベイン？

間。ケンタウルスは、尊大な表情でハリーを見下ろす。

ベイン　私にできるのは、知っていることを話すだけだ……しかし君のために話すのではない。我が群れのために話すのだ。ケンタウルスはさらなる戦いを欲しない。

ハリー　私たちも同じだ。あなたは何を知っているのですか？

ベイン　ハリー・ポッター、私は君の息子を見た。星々の動きの中に見た。

ハリー　息子を星の中に？

ベイン　彼がどこにいるかは言えない。どうしたら見つけられるかも教えられない。

ハリー　でも何かを見たのですね？　何かを予知したのですか？

ベイン　君の息子の周りに黒い雲がある。危険な黒雲だ。

ハリー　アルバスの周りに？

ベイン　我々全部を危険にさらすかもしれない黒雲だ。君は再び息子を見つけるだろう。しかし、永久に彼を失うかもしれない。

ベインは馬のいななきのような声をあげる——そして、たちまち姿を消す——困惑した顔のハリーは一人置き去りにされる。

ハリーは再び捜索を始める——これまでにも増して必死に。

ハリー　アルバス！　アルバス！

第二幕　第6場　禁じられた森の端

スコーピウスとアルバスが角を曲がると、木々のあいだに隙間が現れる……そこから見えるのは……燦然《さんぜん》と輝く光……

スコーピウス　ほら、あそこが……

アルバス　ホグワーツだ。こんな景色は見たことがない。

スコーピウス　やっぱりぞくぞくしないか？　ホグワーツを見ると？

木々のあいだから垣間見えるのは、**ホグワーツ城**――円屋根や塔の建ち並ぶ壮大な建物だ。

ホグワーツのことを聞いたときから、僕は行きたくてたまらなかった。

でもね、父さんは、あそこがあまり好きじゃなかった。そんな父さんが、学校のことをよく言わないのを聞いても……。僕は10歳になったときから、毎朝まっさきに、「日刊予言者新聞」を読んでいた——学校になんらかの悲劇が起きているにちがいない——僕はそこに行けなくなるにちがいない、なんて悲観的にね。

アルバス　入学してみたら、やっぱりひどいところだった。

スコーピウス　僕にとってはちがうよ。

アルバスはショックを受けてスコーピウスを見る。

僕はホグワーツに行くことだけを望んでいた。そこで友だちができて、一緒にむちゃをやりたかった。ハリー・ポッターみたいにね。そしたら、その息子と一緒になった。それがどんなにものすごく幸運なことか。

アルバス　でも僕、父さんとはまるでちがう。

スコーピウス　君のほうがいい。アルバス、君は僕の一番の友だちだ。それに、今やってることは、その何倍もむちゃくちゃだ。すばらしいよ。両手の親指立てて、オッケーだ。でも――なんて言うか――白状してもいいけど――ちょっとだけ――ちょっぴり怖い。

アルバスはスコーピウスを見て笑顔になる。

アルバス　君も僕の一番の友だちだ。それに、心配するな――うまくいくって気がする。

舞台袖からロンの声が聞こえる――明らかにすぐ近くまで来ている。

ロン　アルバス？　アルバス？

アルバスは、怯えた顔で声のするほうを振り返る。

アルバス　でも、もう行かなくちゃ——いますぐ。

アルバスは、スコーピウスの手から逆転時計《タイムターナー》を取り、上から押す。

逆転時計《タイムターナー》が震えだし、次の瞬間、時計は激しく動きだす。

それを合図に舞台の様子が変わりはじめる。二人の少年はその光景を見守る。

巨大な閃光が走る。何かが砕けるような音が響く。

時間が止まる。時は流れの向きを変え、少しためらい、そして巻き戻りはじめる。

はじめはゆっくりと……それから加速して。

第二幕　第7場

三校対抗試合
禁じられた森の端　1994年

突然、あたりが賑やかになり、アルバスとスコーピウスは人波に飲みこまれる。そして突然〝世界一のショーマン〟（あくまで本人の自称）が舞台に立ち、ソノーラス呪文を使って、会場中に自分の声を響かせている。しかも……まあ……彼自身が勝手に陶酔している。

ルード・バグマン　紳士、淑女のみなさん、少年、少女諸君。さてこれから始まるのは――もっとも偉大で――もっともすばらしい――しかも二つとない――一大試合、**三校対抗試合**。

大きな声援があがる。

さあ、ホグワーツ校の生徒たち。声援をどうぞ。

また、大きな声援。

さあ、ダームストラング校――声援をどうぞ。

大きな声援。

そして、ボーバトンの生徒たち、声援をどうぞ。

どことなく弱々しい声援が聞こえる。

スコーピウス　フランス校はちょっと元気がないですね。

（笑顔で）うまくいったよ。あれはルード・バグマンだ。

ルード・バグマン　さあ、登場です。紳士、淑女のみなさん――少年、少女諸君――ご紹介しましょう。――みなさんがここに集まったのは、彼らのためです――**代表選手たち**。ダームストラング代表、なんたる眉毛、なんたる歩き方、なんたる少年でしょう。箒を持てば自由自在の、ビクトール・クレイジー・クラム。

スコーピウスとアルバス　（本気でダームストラング生を演じはじめて）行け行け行けクラム、行け行け行けクレイジー・クラム。

ルード・バグマン　ボーバトン・アカデミーからは――おお、なんと、マドモアゼル・フラー・デラクール！

儀礼的な拍手が起こる。

そしてホグワーツからは、一人ではなく、二人の生徒です。誰もがメロメロになる、セクシー・セドリック・ディゴリー。

割れんばかりの声援。

そしてもう一人――みなさんにとっては、ご存知の「生き残った男の子」。私にとっては、小さい時から次々と我々を驚かす男の子……

アルバス　あれは、父さんだ。

ルード・バグマン　さーあ、はりきり・ハリー・ポッターです。

声援があがる。中でも、観客席の端にいる心配そうな様子の少女は、熱心に声援を送っている――子ども時代のハーマイオニーだ（ローズと同じ役者が演じる）。ハリーに向けられる声援は、セドリックのよりもやや少ないことがはっきりわかる。

さあて――どうかお静かに。第一――の～――課題。金の卵を取る。しかも――紳士、淑女のみなさん、少年、少女諸君、なんと――**ドラゴン**の巣からです。ドラゴンを引き連れるのは――**チャーリー・ウィーズリー**。

また、歓声。

学生のハーマイオニー　私のすぐそばに立つなら、そんなに息を吹きかけないでいただきたいわ。

スコーピウス　ローズ？　ここで何してるの？

学生のハーマイオニー　ローズって誰？　それにあなたの発音、どうしてまともなの？

アルバス　（なまりのある発音で）ズみまぜん、ハーマイオニー。こいつヴァ、人違いしたんだ。

学生のハーマイオニー　どうして私の名を知っているの？

ルード・バグマン　さあて、早速始めましょう。最初の選手は――スウェーデン・ショートｰスナウト種のドラゴンと対戦です。**セドリック・ディゴリー選手！**

ハーマイオニーはドラゴンの咆哮《ほうこう》に気を取られる。アルバスが杖を構える。

さあ、セドリック・ディゴリーの入場。準備はできているようです。怯えはみえますが、用意はできている。あっちへかわした。こっちへかわした。身をかばおうと急降下すると、女の子たちが、失神しそうだ。一緒になって叫んでいる。「ドラゴンさん、あたしたちのディゴリーを傷つけないで」。

スコーピウスは何か気になっている。

スコーピウス　アルバス。なんだか様子がおかしい。逆転時計《タイムターナー》が震えてる。

チクタクいう音が聞こえはじめる。不吉な音は、やむ気配がない。音は逆転時計《タイムターナー》から聞こえてくる。

ルード・バグマン　さあ、セドリックが左に回って右にダイブした——杖を構えた——この勇敢でハンサムな青年は、今度は何をするつもりでしょう——

アルバス　（杖を突きだして）エクスペリアームス！
弾かれたセドリックの杖が、アルバスに呼びよせられて、アルバスの手中に収まる。

ルード・バグマン　――おお、なんとしたことか？　闇の魔術か、それともまったくちがう何かか――セドリック・ディゴリーが武装解除された――

スコーピウス　アルバス、逆転時計《タイムターナー》が――どうもおかしい……

逆転時計《タイムターナー》の音が、どんどん大きくなっていく。

ルード・バグマン　我らがディゴ君は、まったくだめです。彼には、この課題はもうおしまいかもしれません。試合も終わりか。

スコーピウスがアルバスの体をつかむ。
時計の音がさらに大きくなっていく。やがて、閃光が走る。

時は現在に戻っている。アルバスが痛みに悲鳴をあげる。

スコーピウス　アルバス！　けがしたのか？　アルバス、君は――

アルバス　何が起こったんだ？

スコーピウス　制約があるにちがいない――逆転時計《タイムターナー》には、**時間**の制約が……

アルバス　僕たち、やり遂げたと思うか？　何かを変えたと思うか？

突然、舞台の四方八方から人影が走りよってくる。ハリー、ロン（髪は横分けにして、服の好みがずっと落ち着いている）、ジニー、そしてドラコ。スコーピウスは、大人たちを見回し、逆転時計《タイムターナー》をポケットに滑りこませる。アルバスはうつろな目だ――激痛は治まらない。

ロン　言ったとおりだ。この子たちを見たって言っただろ。

スコーピウス　どうなったのか、まもなくわかるよ。

アルバス　やあ、父さん。どうかしたの？

ハリーが、どうもこうもないだろうという顔で息子を見る。

ハリー　ああ、そう言えるだろうな。

アルバスがその場にくずおれる。ハリーとジニーが急いで駆けよる。

第二幕　第8場

ホグワーツ　医務室

アルバスは病棟のベッドで眠っている。ハリーは隣で悩みを抱えて座っている。二人の上に掛かった額縁には、気遣わしげな表情を浮かべた親切そうな老人の絵が入っている。ハリーは目をこすって立ちあがり、部屋を歩きながらこわばった腰を伸ばす。

ふと、絵の老人と目が合う。老人は見つかったことに驚いた様子。ハリーも驚いて見つめる。

ハリー　ダンブルドア校長。

ダンブルドア　こんばんは、ハリー。

ハリー　お会いしたかったです。校長室に立ちよっても、最近、先生の肖像画はからっぽでした。

ダンブルドア　ああ、さよう。ときどき、ほかの肖像画に立ちよりたくなるのじゃ。

ハリー　（ダンブルドアはアルバスを見る）この子は大丈夫かね？
24時間眠っています。マダム・ポンフリーが腕を継ぎなおすためにですが。とても不思議な折れ方だとか……まるで20年前に折れて、「真逆の」方向に継がれているようだと。でも大丈夫だとおっしゃっています。

ダンブルドア　辛かろうの。自分の子が苦しむのを見るのは。

ハリーはダンブルドアを見上げ、アルバスを見下ろす。

ハリー　この子にあなたの名前を付けたことを、どう思われるか、お聞きしたことがありませんでしたね？

ダンブルドア　率直に言って、ハリー、この子には、かわいそうに、大きな負担になっているようじゃ。

ハリー　先生の助けが必要です。あなたの助言が必要です。ベインは、アルバスが危険だと言います。ダンブルドア、どうやったら息子を守れるのでしょう？

ダンブルドア　わしに聞くのかね？　よりによってわしのような者に、恐ろしい危険にさらされている少年をどう守るかを聞くのかね？　我々には、若者が傷つくのを守ってやることはできぬ。来るべき苦しみは来るものなのじゃ。

ハリー　それでは、私は、黙って見ているだけなのですか？

ダンブルドア　いや。君はこの子に、どのように人生に立ち向かうかを教えるのじゃ。

ハリー　どうやって？　この子は聞き入れないでしょう。

ダンブルドア　たぶんこの子は、君が自分をはっきり見てくれるのを待っておる。

ハリーは眉を寄せ、その言葉の意味を理解しようとする。

ハリー　（思いやりのこもった口調で）　肖像画の因果で、果報でもあるが……いろいろ耳に入る。学校で、魔法省で、人々が話していることが……私と息子に関するゴシップはなんですか？

ダンブルドア　ゴシップではない。心配しておるのじゃ。君たち二人の葛藤、この子が難しい子だとか、君に腹を立てているとか。わしの得た印象じゃが——おそらく——君はこの子への愛で、ものごとが見えなくなっておる。

ハリー　見えなくなっている？

ダンブルドア　この子のあるがままの姿を見なければならぬ。何がこの子を傷つけているかを見つけなければならぬ。

ハリー　この子をあるがままに見てこなかったとでも？　何が息子を傷つけているのでしょう？（考えこみながら）いや、むしろ、誰がこの子を傷つけているのでしょう？

アルバス　（寝言で）父さん……

ハリー　黒雲のことですが、誰か、なのでしょう？　何か、ではないのでしょう？

ダンブルドア　ああ、いずれにせよ、わしの意見はもはや重要ではなかろう？　わしは肖像画であり、記憶なのじゃ。ハリー、肖像画で記憶なのじゃよ。

それにわしは息子をもったことがない。

ハリー　でも、先生のご意見が欲しいのです。

アルバス　父さん？

ハリーはアルバスを見て、額縁を見上げる。だが、ダンブルドアの姿は消えている。

ハリー　ああ、今度はどこに行ってしまわれたのですか？

アルバス　ここは――僕たち病棟にいるの？

ハリーは、息子に注意を戻す。

ハリー　（当惑したまま）そうだよ。おまえは――もう大丈夫だ。マダム・ポンフリーは、回復のためにどんな薬を処方したらよいか迷って、たぶんチョコレートを食べるのがよいとおっしゃった――たくさん食べなさいと。ところで、私も食べてもいいかな？　これから言うことがあるのだが、おまえには聞きたくないことだろうから。

アルバスは父親の顔を見つめる。何を言うつもりだろう？　結局、抵抗しないことにしようと決める。

アルバス　いい、と思うよ。

ハリーがチョコレートを大きく割って食べる。アルバスが、戸惑ったように父親を見る。

気分、よくなった？

ハリー　ずっといい。

ハリーは息子にチョコレートを差し出し、アルバスは一かけら取る。父親と息子は一緒にもぐもぐと口を動かす。

腕は、どんな感じだ？

アルバスは腕を伸ばしてみせる。

アルバス　いい感じだ。

ハリー　（穏やかに）アルバス、どこへ行っていたんだね？　私たちがどんな思いをしたか——母さんは心配で病気になりそうだった……

アルバスは顔を上げる。彼は嘘がうまい。

アルバス　僕たち、学校には帰りたくなかった。新しくやり直せるんじゃないかって——マグルの世界で——でも間違いだとわかった。学校に戻ってきたとき、父さんたちに見つかったんだ。

ハリー　ダームストラングのローブを着てか？

アルバス　ローブは……何もかも――スコーピウスも僕も――僕たち、考えなかった。

ハリー　どうしてなんだ？　……どうして家出したんだ？　私のせいか？　私が言ったことのせいか？

アルバス　わからないよ。ホグワーツって、しっくり合わない人には、そんなに楽しいところじゃないんだ。

ハリー　それで、スコーピウスが――おまえを誘ったのか？――行こうって。

アルバス　スコーピウス？　ちがうよ。

ハリーはアルバスを見つめる。息子の周りのオーラを見ようとでもしているようにじっと見ながら、考え事にふける。

ハリー　スコーピウス・マルフォイから離れていてほしい。

アルバス　えっ？　スコーピウスから？

ハリー　そもそもなぜ親しくなったかわからない。でも、友だちになってし

アルバス　まった――今度は――離れて――

ハリー　親友なのに？　たった一人の友だちなのに？

アルバス　あの子は危険だ。

ハリー　スコーピウスが？　危険？　会ったことあるの？　父さん、スコーピウスがヴォルデモートの子だって、本気でそう思ってるなら――

アルバス　彼が何者なのかは知らない。ただ、おまえがあの子から離れていなければならないことだけは知っている。ベインが教えてくれた――

ハリー　ベインって誰？

アルバス　ケンタウルスだ。奥深い占い術を知っている。彼が、おまえの周りに黒雲があると言った、それに――

ハリー　黒雲？

アルバス　それに、闇の魔術がよみがえりつつあると思える、確実な理由があるんだ。おまえをそれから守らなければならない。あの子から守る。スコーピウスから守る。

アルバスは一瞬ためらうが、すぐに表情をかたくする。

アルバス　でも僕がそうしなかったら？　彼から離れなかったら？

ハリーは息子を見ながら、素早く頭を働かせる。

ハリー　ここに地図がある。よからぬことをしようと思う連中がよく使った地図だ。今度は私たちが、この地図で見張る――四六時中おまえに――目を光らせる。マクゴナガル校長が、おまえたちの動きを全部見張る。二人が一緒にいるのが見えたら――先生が飛んでいく――おまえがホグワーツを離れようとしようものなら――先生が飛んでいく。授業に行くだろうが、スコーピウスと同じ授業はもうない。授業の合間は、おまえはグリフィンドールの談話室ですごす！

アルバス　僕をグリフィンドールになんか行かせられないよ！　僕はスリザリン生だ！

ハリー　アルバス、いい加減なことを言うんじゃない。自分の寮は知っているはずだ。校長先生が、君とスコーピウスが一緒にいるところを見つけたら——私がおまえに呪文をかける——私の目と耳で、おまえのすべての動きを見て、すべての会話を聞けるようにする。まもなく私の部で、スコーピウスの真の血筋の調査が始まる。

アルバス　（泣き出しながら）でも父さん——そんなこと——そんなことできない……

ハリー　おまえが私を嫌っていたから、私は長いあいだ、自分が良い父親ではなかったと考えていた。やっと気が付いたのだが、おまえに好かれる必要はない。私に従わせればよいのだ。私は父親なのだから、どうするのがよいのか、よくわかっている。すまないが、アルバス、こうしなければならないんだ。

第二幕　第9場　ホグワーツ　階段

アルバスが父親を追って舞台を横切っていく。

アルバス　僕が逃げ出したらどうするの？　僕、逃げ出す。
ハリー　アルバス、ベッドに戻れ。
アルバス　また逃げ出してやる。
ハリー　いや、逃げない。
アルバス　逃げるよ――今度こそ、ロンに見つからないようにしてやる。
ロン　私の名前を呼んだかね？

ロンが階段の上に登場する。髪は極端なほどきっちり分けられ、ローブは少々短すぎ、服の趣味は見事なほど堅実になっている。

アルバス　ロンおじさん！　ああ、ダンブルドアさま、ありがとう。おじさんのジョークが必要だとすれば、今だよ……

ロンが当惑したように眉を寄せる。

ロン　ジョーク？　そんなもの一つも知らないぞ。

アルバス　知ってるよ。おじさんは悪戯《いたずら》専門店を持ってるじゃないか。

ロン　（まったく訳がわからない様子で）悪戯専門店？　なんのことか。とにかく、君を捕まえられてよかった……スイーツを持ってこようと思ったんだが——ほら、ム、お見舞いにというか。しかし、ム……パドマが——彼女はずっと思慮深い——私よりもね——その彼女が、学校に役立つもののほうが君にはよいと言うんで。だからこれだ——羽根ペンセット。ほら、ほら、ほら。どうだ、すごいだろう。最高級品だ。

アルバス　パドマって誰？

ハリーは咎《とが》めるように息子を見る。

ハリー　おまえのおばさんだ。

アルバス　僕のおばさんがパドマ？

ロン　（アルバスに向かって）錯乱の呪文を頭に受けたのか？（ハリーに向かって）私の妻、パドマだ。覚えているだろう。話すとき、少し顔を近づけすぎて、ちょっとミントの匂いがする、（かがみこんで）パドマだ。パンジュの母親じゃないか！（ハリーに向かって）そういえば、私がなんでここに来たのか、そう、パンジュのことだ。また問題を起こした。私は「吠えメール」を送るだけにしたかったんだが、パドマが、直接行けと言い張ってね。どうしてか知らんが。パンジュのやつは私に向かって笑うばかりなんだ。

アルバス　でも……おじさんは、ハーマイオニーと結婚した。

間。ロンはキツネにつままれたような顔。

ロン　ハーマイオニー？　ノー、ノォォォォ。ああ、マーリンの鬚《ひげ》、とんでもない。

ハリー　アルバスは自分がグリフィンドールに組分けされたことも忘れてしまったんだ。都合よくね。

ロン　そうだ、うん、気の毒だが、おまえさん、君はグリフィンドール生だ。

アルバス　でも、どうやってグリフィンドールに入れられたんだろう？

ロン　君が組分け帽子を説得したんだよ。忘れたのかい？　パンジュが、どんなに必死になってもグリフィンドールには入《はい》れないぞ、って君に言ったんだ。だから君は、パンジュに仕返しするのに、グリフィンドールを選んだ。君を責められないね、（素っ気なく）誰だってときどき、あいつのしたり顔から笑いを消してやりたくなることがある。な？（しまったという表情）頼むから、いまのこと、パドマには言わないでくれよ。

アルバス　パンジュって誰？

ロンとハリーは同時にアルバスを見る。

ロン　なんてこった。君はほんとにおかしくなってしまったのかね？　とにかく、もう行くよ。私に「吠えメール」が来ないうちに。

ロンは慌てふためいて立ち去る。かつてのロンとはまるで別人だ。

アルバス　でも、何もかも……おかしい。
ハリー　アルバス、知らんぷりの手は効かないよ。私の気持ちは変わらない。
アルバス　父さん、二つに一つだ。一つは僕を連れて——
ハリー　いや、道は一つだよ、アルバス。言うとおりにしなさい。さもないと、さらに——今よりもっと——困ったことになる——わかったね？
スコーピウス　アルバス、大丈夫か？　よかったな。

ハリーはスコーピウスを無視するように通り過ぎる。

ハリー　完全に治った。もう行かないと。

アルバスは、スコーピウスを見上げ、胸が張り裂けそうになるが、父親について行く――スコーピウスの必死の眼差を避けながら。

スコーピウス　僕のこと、怒ってるのか？　どうしたって言うんだ？

アルバスは立ち止まり、スコーピウスを振り返る。

アルバス　うまくいったのか？　何かひとつでもうまくいったのか？

スコーピウス　いいや……でも、アルバス――

ハリー　アルバス、何をわけのわからないことを言ってるんだ。すぐにやめなさい。これが最後の警告だぞ。

アルバスは、父親と友人とのあいだで板挟みに苦しむ。

アルバス　できないんだ、オーケー？
スコーピウス　何ができないんだ？
アルバス　ただ——僕たちはお互いに離れたほうがいいんだ、オーケー？

とり残されたスコーピウスは、傷心し、アルバスの背中を目で追い続ける。

第二幕　第10場

ホグワーツ　校長室

マクゴナガル校長は見るからに気に入らないという顔をし、ハリーは見るからに決意を固めた顔をし、そしてジニーはどんな顔をすればいいのかわからない。

マクゴナガル校長　「忍びの地図」がこういう使い方をするためのものだとは思えませんね。

ハリー　二人一緒にいるのを見つけたら、できるだけ早く現場に行って、二人を引き離してください。

マクゴナガル校長　ハリー、これが正しい決定だという自信がありますか？　というのも、ケンタウルスの英知をさらさら疑うものではありませんが、ベインは極端な怒れるケンタウルスです。ですから……彼にとっては、自分に都合のよいように、星の位置を捻じ曲げて読むのはたやすいことです。

ハリー　私はベインを信じます。アルバスはスコーピウスから離れるべきです。

自分のためにも、ほかの人たちのためにも。

ジニー　ハリーが言いたいのはきっと……

ハリー　(問答無用とばかり)先生は、私の言いたいことがわかっていらっしゃる。

ジニーは自分に対するハリーの口調に驚いて、夫の顔をぱっと見る。

マクゴナガル校長　国中の偉大な魔法使いたちがアルバスを調べましたが、呪いや呪詛《じゅそ》がかけられた形跡もなく、その気配さえありませんでした。

ハリー　それに、ダンブルドアが――ダンブルドアが言うには――

マクゴナガル校長　えっ？

ハリー　ダンブルドアの肖像画です。二人で話しました。ダンブルドアはなるほどと思うことをおっしゃいました――

マクゴナガル校長　ハリー、ダンブルドアはお亡くなりになりました。以前にもあなたに言いましたが、肖像画は、モデルの人物を半分も代弁できないのですよ。

ハリー　ダンブルドアは、私が愛のために目が見えなくなっているとおっしゃいました。

マクゴナガル校長　ダンブルドアの肖像画は記憶です。私が何か決定をするときの補助になるものです。しかし、私が校長の職に就いた時、肖像画と本人とをとりちがえるべきではないと忠告されました。あなたもそのようにしたほうがよろしいでしょう。

ハリー　しかし、彼の言うとおりでした。それが今わかります。

マクゴナガル校長　ハリー、あなたは、とても張りつめていました。アルバスがいなくなり、探し求め、あなたの傷痕の痛みの意味を怖れ。しかし、これだけは私を信じなさい。あなたは間違いを犯そうとしている――

ハリー　アルバスは私のことが好きではなかった。もう二度と好きになることはないかもしれない。しかし、アルバスは安全でしょう。ミネルバ、失礼を顧みず申し上げます――あなたには子どもがいない――

ジニー　ハリー！

ハリー　――あなたにはおわかりにならない。

マクゴナガル校長　（深く傷ついて）これまでの人生を教職にささげてきたことが、私の判断の裏付けに――

ハリー　この地図は、息子がどこにいるかを常に教えてくれます――先生にお使いいただきたいのです。もしも先生がそうなさっていないと聞いたら――そのときは私の力の及ぶかぎり学校に圧力をかけます――魔法省の全力を挙げて――おわかりいただけましたか？

マクゴナガル校長　（棘《とげ》のある物言いに面食らって）たしかに。

ジニーは、夫は一体どうしてしまったのだろうとハリーを見る。だが、ハリーは目を合わせようとしない。

第二幕　第11場

ホグワーツ「闇の魔術に対する防衛術」のクラス

アルバスは、戸惑いながら教室に入ってくる。

ハーマイオニー　おや、まあ、列車逃亡者ね。やっとおでましですね。

アルバス　ハーマイオニー？

アルバスは目を見張る。ハーマイオニーが生徒たちの前に立っている。

ハーマイオニー　グレンジャー先生、それが私の名前ですよ、ポッター。

アルバス　ここで何しているの？

ハーマイオニー　教えています。なんの因果か。あなたは何をしているのですか？　勉強だとよいのですが。

アルバス　でも、あなたは……あなたは……魔法大臣だ。

ハーマイオニー　ポッター、また変な夢を見ていたのですね？　今日は「守護霊の術」を学びます。

アルバス　（驚いて）あなたが「闇の魔術に対する防衛術」の先生？

あちこちから忍び笑いが聞こえる。

ハーマイオニー　これ以上は許しません。愚かさに対して、グリフィンドール10点減点。

ポリー・チャップマン　（腹を立てて立ちあがりながら）ちがいます。この人はわざとそうしているんです。グリフィンドールが嫌いなんです。みんな知っています。

ハーマイオニー　ポリー・チャップマン、お座りなさい。さもないともっと状況が悪くなりますよ。（ポリーはため息をついて席につく）アルバス、あなたも座りなさい。下手な芝居はもうやめなさい。

アルバス　でもあなたはこんなに意地が悪くない。

ハーマイオニー　グリフィンドール20点減点。アルバス・ポッターに私の意地悪さをわからせるためです。

ヤン・フレデリックス　アルバス、すぐ座らないと……

アルバスが座る。

アルバス　一言だけ言っても――

ハーマイオニー　だめです。ポッター、静かにしなさい。さもないと、あなたにわずかばかり残っている人気までも失うことになります。さて、守護霊の意味がわかる人？　え？　誰もいないの？　まったくこのクラスは最低の期待外ればかりだわね。

ハーマイオニーは薄笑いを浮かべる。真底、意地が悪い。

アルバス　そんな、そんなばかな。ローズはどこ？　ローズがいれば、あなたが

ハーマイオニー　ふざけているってことを教えてくれます。
アルバス　ローズって誰？　あなたの見えないお友だちかしら？
ハーマイオニー　ローズ・グレンジャー-ウィーズリーです。あなたの子ども！（あることに思い当たる）そうか……あなたとロンは結婚していないから、ローズは……

またくすくす笑いが起こる。

ハーマイオニー　とんでもないことを！　グリフィンドール50点減点。言っておきますが、今度私の授業に口を挟む者がいれば、100点減点します……

教室をにらみまわす。生徒たちは身じろぎもしない。

よろしい。守護霊とは魔法のお守りです。自分の一番ポジティブな気持ちを投影し、自分ともっとも深いつながりを持つ動物の形をとります。それは光の贈り物です。守護霊を創り出すことができれば、みなさんは世界から自分自身を守ることができます。みなさんの中には、それが遠い将来でなく、近々必要になるケースがあるようです。

第二幕　第12場　ホグワーツ　階段

アルバスが階段を上っていく。上りながら、あたりを見回す。探しているものは見あたらない。アルバスが退場すると、複数の階段がダンスをするように動きはじめる。

アルバスと入れ替わりにスコーピウスが登場する。アルバスを見たような気がするが、そこにはいないことに気付く。力なく床に座りこむと、階段が一つ、くるりと向きを変える。

マダム・フーチが登場し、その階段を上っていく。一番上にたどり着くと、スコーピウスに向き直り、立ち去りなさいと身振りで指示する。

スコーピウスは言われたとおりにする。そして肩を落として立ち去る――みじめな孤独をにじませている。

アルバスが登場し、階段の一つを上っていく。スコーピウスが登場し、別の階段を上る。

二つの階段が出会う。二人はお互いの顔を見る。失望と期待を同時に感じながら。やがて、アルバスが視線を逸らし、機会は途切れる——同時に友情の絆も切れたのかもしれない。

やがて、階段が離れていく——二人は、相手をじっと見ている——一方は罪悪感に襲われ、もう一方は苦しみに襲われている——二人とも、悲しみでいっぱいだ。

第二幕　第13場　ハリーとジニー・ポッターの家　キッチン

ジニーとハリーは、緊張して顔を見合わせている。二人とも、言い争いが始まりそうだと感じている。

ハリー　正しい判断なんだ。
ジニー　自分で自分を説得しているみたいな言い方ね。
ハリー　あの子に対して正直になれと言ったのは君だ。でもまず、自分に対して正直になる必要があった。自分の心の声を信じる必要が……
ジニー　ハリー、あなたは、魔法界でももっとも偉大な心を持つ一人よ。その心が、こんなことをするように言ったとは思えないの。

ドアをノックする音が聞こえる。

ドアに救われたわね。

ジニー退場。

少し間をおいてドラコ登場。激しい怒りに駆られているが、巧みに感情を隠している。

ドラコ　長くはいられないし、長くは要《い》らない。

ハリー　なんの用でしょう？

ドラコ　君を敵にまわすために来たのではない。しかし、私の息子は涙にくれている。私は父親だ。だから聞きに来た。仲のよい友人をなぜ切り離すのだ。

ハリー　切り離してはいない。

ドラコ　君は授業の時間割を変えたし、先生たちもアルバスをもおどした。なぜだ？

ハリーは慎重にドラコを見てから背を向ける。

ハリー　私は息子を守らねばならない。

ドラコ　スコーピウスからか？

ハリー　ベインが、息子の周りに暗闇を感じたと言った。私の息子の近くに。

ドラコ　ポッター、何が言いたいんだ？

ハリーは振り返り、ドラコの目を直視する。

ハリー　ドラコ、君は確かに……彼が自分の息子だという確信があるのか？

危険をはらんだ沈黙が流れる。

ドラコ　取り消せ……いますぐ。

だが、ハリーは取り消そうとしない。ドラコは杖を手に握る。

ハリー　こんなことをしたくはないだろう。
ドラコ　いや、したいとも。
ハリー　ドラコ、君を傷つけたくない。
ドラコ　それはおもしろい。私は君を傷つけたい。

二人は向き合って身構え、杖を構える。

ドラコとハリー　エクスペリアームス！　武器よ去れ！

双方の呪文が杖で跳ね返され、二人はさっと離れる。

ドラコ　インカーセラス！　縛れ！

ハリーはドラコの杖から放たれた呪文を避《よ》ける。

ハリー　タラントアレグラ！　踊れ！

ドラコが飛び退《の》いて呪文を避ける。

ハリー　練習していたな、ドラコ。

ドラコ　ポッター、腕が落ちたな。デンソージオ！　歯呪《はのろ》い！

危ういところでハリーは呪文を避ける。

ハリー　リクタスセンプラ！　笑い続けよ！

ドラコは椅子を使って攻撃をふせぐ。

ドラコ　フリペンド！　回転せよ！

ハリーが回転しながら宙を飛んでいく。ドラコは笑い声をあげる。

ハリー　遅れをとるな、年寄りめ。
ドラコ　君も同い年だぞ、ドラコ。
ハリー　私のほうが長持ちしているぞ。
ブラキアビンド！　腕縛り！

ドラコの体が固く縛られる。

ドラコ　せいぜいその程度か？　エマンシパレ！　解《ほど》け！

ドラコは呪文で縛りを解く。

レビコーパス！　身体浮上！

ハリーは、呪文を避けるのに体を投げ出す。

モビリコーパス！　体よ　動け！　おお、おもしろくなってきた……

ドラコはテーブルの上でハリーの体をポンポン弾ませる。ハリーがテーブルの上を転がって逃れると、ドラコがテーブルに飛びのる。ドラコが杖を構える間に、ハリーの放った呪文がドラコに当たる。

ハリー　オブスキューロ！　目隠し！

ドラコは、魔法の目隠しを素早く取る。

二人は向かい合って構える——ハリーが椅子を投げつける。

ドラコは身を低くしてかわし、杖を振る。椅子がふわりと宙に浮く。

ジニー　たった3分離れただけなのに!

ジニーは物が散乱したキッチンを見る。宙に浮いた椅子に目をやり、杖を一振りして椅子を元どおり床に戻す。

（思い切り皮肉に）残念だわ。何か見損ねたようね?

第二幕　第14場　ホグワーツ　階段

スコーピウスが暗い顔で階段を下りていく。デルフィーが舞台の反対側から急いで入ってくる。

デルフィー　あのね――厳密には――わたしはここにいてはいけないの。

スコーピウス　デルフィー？

デルフィー　実は、厳密にいうと、わたしは作戦全体を危うくしているの……そんなことは……ええ、ご存知のように、わたし、本来はリスクを冒さないタイプなのだけれど。わたし、ホグワーツに来るのは初めて。ここ、セキュリティが甘くない？　それに、肖像画の多いこと。それと、廊下。それにゴーストも！　首が半分落ちた変な格好のゴーストが、あなたの居場所を教えてくれたのよ、信じられる？

スコーピウス　ホグワーツに来たことがないんだって？

デルフィー　わたし――病気で――子どものとき――数年間だけど。ほかの子は入学できたけど――わたしはできなかった。

スコーピウス　そんなに重い――病気？　気の毒に。知らなかった。

デルフィー　そんなこと、自分から宣伝しないわ――悲劇的な見方をされないほうがいいの、わかるでしょ？

スコーピウスはその気持ちに同情できる。顔を上げて何か言いかけるが、デルフィーはいきなり物陰に飛びこみ、そばを通りかかる一人の生徒から隠れる。スコーピウスは、何気ない風を装って、その生徒が行ってしまうのを待つ。

スコーピウス　もういなくなった？

デルフィー、ここにいると、やっぱり君にとって危険だ。今のうちに――

デルフィー　あのね――誰かが現状をなんとかしなくては。

スコーピウス　デルフィー、何もかもうまくいかなかった、逆転時計《タイムターナー》のこと。僕たち失敗した。

デルフィー　知ってるわ。アルバスがふくろう便をくれたの。歴史の本は変わったけど、十分じゃない——セドリックは死んだままよ。実は、第一の課題に失敗してから、彼は第二の課題に勝とうと、ますますやっきになったの。

スコーピウス　ロンとハーマイオニーは完全にねじくれちゃって——なぜなのか、僕にはいまだにわからない。

デルフィー　だから、セドリックには待っていてもらわないと。何もかも混乱してしまったの。スコーピウス、逆転時計《タイムターナー》をキープしておいたのは正解よ。でもわたしが言いたいのは——あなたたち二人を、なんとかしなくちゃならないってことなの。

スコーピウス　ああ。

デルフィー　二人は親友よ。わたしが受け取ったふくろう便は、どれもこれも、あなたがいないことを感じさせたわ。彼は打ちのめされている。

スコーピウス　肩にすがって泣ける相手を見つけたわけだ。これまでふくろう便は何羽来たの？

デルフィーはやさしく微笑《ほほえ》む。

デルフィー　ごめん。それ——そんなつもりじゃ——ただ、僕——何が起きているのか理解できない。あいつに会おうとしたり、話そうとすると、あいつは逃げていくんだ。

デルフィー　あのね、あなたぐらいの歳のとき、わたしには親友がいなかった。欲しかったわ。とっても。もっと小さかったときは、空想の友だちを創り出した、でも——

スコーピウス　僕にも一人いたよ。フラリーって呼んでた。でも、ゴブストーンのルールのことでぶつかって、別れた。

デルフィー　アルバスにはあなたが必要よ、スコーピウス。それって、すばらしいことだわ。

スコーピウス　なんのために僕が必要なの？

デルフィー　そこがポイントね。でしょう？　友情ってものは。あなたには彼が何を必要としているかがわからない。でも、それが必要だってことだけはわかる。スコーピウス、彼を探しなさい。あなたたち二人は——お互いが必要なの。

第二幕　第15場

ハリーとジニー・ポッターの家　キッチン

ハリーとドラコは離れて座り、ジニーが二人のあいだに立っている。

ドラコ　ジニー、君のキッチンをこんなにして、すまない。

ジニー　あら、ここは私のキッチンじゃないわ。ほとんどハリーがお料理するの。

沈黙が流れる。

ドラコ　（ドラコは言いにくいことを口にする）私も彼に——スコーピウスに話ができないのだ。特に——アストリアがいなくなってからは。母親を失うことであの子がどういう思いをしているかさえ、話すことができない。どんなに努力しても、息子に手が届かない。君はアルバスに話ができない。私はスコーピウスに話ができない。そういうことなのだ。私の息子が邪悪だなどという話ではない。高慢なケンタウルスの言葉を君がどんなに重く考えているにせよ、君には友情の力がわかっているはずだ。

ハリー　ドラコ、君がどう思おうと――

ドラコ　私は君と彼らの仲がうらやましかった――ウィーズリーとグレンジャーだ。私の場合は――

ジニー　クラッブとゴイルだった。

ドラコ　二人とも、箒の前も後ろもわからないバカだ。君は――君たち三人は――輝いていたんだ。わかるか？　君たちはお互いが好きだったし、楽しんでいた。私は君たちの友情が何よりもうらやましかった。

ジニー　私も三人がねたましかった。

ハリーが意外そうな顔で妻を見る。

ハリー　私は息子を守らなければ――

ドラコ　私の父は、私を守っていると思っていた。ほとんどいつも。親になるのはこの上なく難しいことだと人は言うが――それはちがう――大人になることが難しいのだ。人はみな、その苦しさを忘れている。

ハリーは、ドラコの言うことをはねのけようとすればするほど共鳴してゆく。ハリーはジニーを見る。

人には選択しなければならないときがあると思う――ある時点で――どういう男になりたいかを選ぶのだ。いいか、そういうときに、両親か友人が必要なのだ。そのときに親を憎むようになっていたら、友だちがいなかったら……一人ぼっちだ。孤独は――つらいものだ。私は孤独だった。それが私を、ほんとうに暗いところへと追いやった。長いあいだ。トム・リドルも孤独な子どもだった。ハリー、君にはそれが理解できないかもしれない。しかし、私にはわかる――ジニーもわかると思う。

ジニー　彼の言うとおりだわ。

ドラコ　トム・リドルは暗い場所から抜け出せなかった。だから、トム・リドルはヴォルデモート卿になった。ベインが見た黒雲は、アルバスの孤独だったかもしれない。彼の痛み、彼の憎しみだ。あの子を失うな。後悔するぞ。あの子も後悔するだろう。アルバスには君とスコーピウスが必要なのだ。

ハリーはドラコを見て考えこむ。
口を開いて何か言いかけ、また考えこむ。

ジニー　ハリー、煙突飛行粉を取ってきて。それとも私が？

第二幕　第16場　ホグワーツ　図書室

スコーピウスが図書室に入ってくる。左右を見渡し、アルバスに気付く。アルバスも相手の姿に気付く。

スコーピウス　やあ。
アルバス　スコーピウス、僕、だめなんだ……
スコーピウス　わかってる。君は今、グリフィンドールだ。今は僕に会いたくない。でも、僕はどっちにしろここにいる。君に話しかけている。
アルバス　でも、僕話せない。だから……
スコーピウス　話さなきゃならないんだ。これまで起こったことを、何もかも無視できると思ってるのか？　世の中がおかしくなってる。気が付いたか？
アルバス　わかってるよ、オーケー？　ロンは別人みたいだ。ハーマイオニーは

スコーピウス　先生だし、何もかもおかしい。だけど――
アルバス　それに、ローズは存在しない――
スコーピウス　わかってる。いいか、僕は何もかもわかってるわけじゃないけど、君はここにいちゃいけないんだ。
アルバス　僕たちのしたことのおかげで、ローズは生まれてもいない。三校対抗試合のときのダンスパーティについて聞かされたことを覚えてるか？四人の代表選手が、パートナーを連れて行った。君の父さんはパーバティ・パチル。ビクトール・クラムが連れて行ったのは――
スコーピウス　ハーマイオニーだ。それでロンがやきもちを焼いて、バカな行動をとった。
アルバス　それが、ちがうんだ。二人のことを書いたリータ・スキーターの本を見つけた。まったくちがってる。ハーマイオニーをパーティに連れて行ったのはロンだ。
ポリー・チャップマン　エーッ？
アルバス　シーッッッ！

スコーピウスはポリーを見て声を小さくする。

スコーピウス　友だちとしてね。それで、友だちらしく踊った。それはすてきだった。それからロンはパドマ・パチルと踊った。それはもっとすてきだった。そこで二人はデートをはじめ、ロンは少し変わって、そして二人は結婚した。一方ハーマイオニーは――

アルバス　――意地の悪いサイコパスになった。

スコーピウス　ハーマイオニーは、あのパーティにクラムと行く予定だった――どうしてそうしなかったか、わかるか？　セドリックの杖が消えたことで、第一の課題の前に見かけた二人の変なダームストラング生が、それにかかわっているのではないかと疑った。そして、僕たち二人が、ビクトールの指示で、セドリックの第一の課題をしくじらせたと考えた……

アルバス　ウワー。

スコーピウス　クラムがいなきゃ、ロンは嫉妬しない。嫉妬が大事だったんだ。そしてロンとハーマイオニーは良い友だちであり続けたが、恋にはおちなかった――結婚もしなかった――**ローズも生まれなかった。**

アルバス　だから父さんはあんなに――父さんも何か変わったの？

スコーピウス　君の父さんはまったくおんなじだと思うな。魔法法執行部部長。ジニーと結婚。三人の子ども。

アルバス　それなら、なんで父さんはあんなに――

司書が舞台の奥に入ってくる。

スコーピウス　アルバス、僕の話を聞いていたのか？　これは君や君の父さんを超える問題だ。クローカー教授の法則――時間と時間の旅人に深刻な害を与えずに時をさかのぼることができる限界は、5時間である。僕たちは何年もさかのぼった。ほんの瞬間でも、ほんのわずかな変化でも、さざ波をたてる。そして僕たちは――僕たちはほんとうに悪いさざ波を創り出してしまった。僕たちのしたことのせいで、ローズは生まれなかった。ローズは。

司書　シーッッッ！

アルバスは急いで頭を働かせる。

アルバス　わかった、戻ろう――やりなおしだ。セドリックとローズを取り戻す。

スコーピウス　……というのは間違った答えだ。

アルバス　まだ逆転時計《タイムターナー》を持ってるんだろう？　誰にも見つかってないだろう？

スコーピウスは、ポケットから逆転時計《タイムターナー》を出す。

スコーピウス　ああ、だけど……

アルバスがさっと時計を取る。

だめだ、やめろよ……アルバス。どんなにとんでもない結果になりうるか、わからないのか？

スコーピウスが逆転時計《タイムターナー》をつかむが、アルバスはその体を押しのけようとする。二人はぎこちなくもみあう。

アルバス　スコーピウス、やりなおす必要があるんだ。セドリックを救う必要があるし、ローズも取り戻さないといけない。次はもっと慎重にやるんだ。クローカーがなんと言おうが、僕を信じろ、僕たちを信じろ。今度こそうまくやる。

スコーピウス　だめだ。もうやらない。アルバス、返せよ！　それを返せ！

アルバス　返せない。これは重要すぎることなんだ。

スコーピウス　そうだ、重要すぎることなんだ――僕たちにとって。僕たちにはこういうことがうまくできない。僕たちは失敗する。

アルバス　僕たちは失敗するなんて、誰が言うんだ？

スコーピウス　僕が言う。なぜなら**そのとおり**だから。僕たちは物事をめちゃめちゃにする。失敗する。僕たちは負け犬だ。徹底的に負け犬だ。そのことがまだわからないのか？

とうとうアルバスが優位になり、スコーピウスを床に組み伏せる。

アルバス　あのね、君に会う前の僕は、負け犬じゃなかった。

スコーピウス　アルバス、君がお父さんに対して何を証明しようとしているにせよ――こういうやり方はちがう――

アルバス　僕は父さんに何も証明する必要はない。ローズを助けるためにセドリックを助けなきゃならないんだ。それに、僕の足を引っぱる君がいなければ、たぶん僕はちゃんとやれる。

スコーピウス　僕がいなければだって？　ああ、哀れなアルバス・ポッターよ。不満の種を抱えて。かわいそうなアルバス・ポッター。気の毒に。

アルバス　いったいなんのことだ？

スコーピウス　（かっとなって）僕の身にもなってみろ！　みんなが君を見るのはなぜだ。君の父さんが有名なハリー・ポッター、魔法界の救世主だからだ。みんなが僕を見るのはなぜだ。僕の父親がヴォルデモートだと思ってるからだ。ヴォルデモートだ。

アルバス　そんなこと、口にすることさえ──

スコーピウス　僕がどういう気持ちでいるのか、少しでも想像したことがあるか？　想像しようとしてみたことがあるか？　ないだろう。だって君には、自分の目先のことしか見えてない。君と父さんとのあいだのばかばかしいことより先は見えないんだ。君の父さんはどこまでいってもハリー・ポッターだ。君にはそれがわかっているだろ？　そして君はどこまでいっても彼の息子だ。それが辛いことはわかる。ほかの子たちはみんなひどいやつらだ。でも君はそれを受け入れるようにならなければならない。なぜなら──もっとひどいケースもあるんだ、いいか？

間。

僕にも興奮した瞬間はあった。昔に戻ったことに気付いたとき、気持ちが高ぶったよ。母さんは病気にならなかったかもしれない、母さんは死んではいないかもしれないって思った。でも、ちがう。母さんはいない。僕は相変わらずヴォルデモートの子で、母親がいなくて、なんのお返しもしてくれない男の子に同情している。僕が君の人生を台無しにしてきたのなら、すまない。なにしろ、はっきり言って——君が僕の人生を台無しにするチャンスはないんだ——どうせもともと台無しなんだから。君はそれを少しでも耐えやすくしてくれなかっただけだ。なぜなら君はひどいやつだ——最悪の——友だちだ。

アルバスはこの言葉をかみしめる。自分が友人にどんな仕打ちをしてきたのかに気付く。

マクゴナガル校長 （舞台袖から）アルバス？ アルバス・ポッター、スコーピウス・マルフォイ。そこにいるのですか——二人一緒に——忠告しますよ。一緒にいてはいけません。

アルバスはスコーピウスを見て、鞄からマントを取りだす。

アルバス　はやく。隠れるんだ。
スコーピウス　エッ?
アルバス　スコーピウス。僕を見て。
スコーピウス　透明マントか?　ジェームズのだろ?
アルバス　先生に見つかったら、無理やり永久に引き離される。お願い。僕がわからずやだった。お願い。
マクゴナガル校長　(袖から呼びかけ、二人にできるだけ時間を与えようとしながら)これから入りますよ。

図書室に入ってきたマクゴナガル校長は、両手に広げた「忍びの地図」を持っている。二人はマントの下に隠れている。マクゴナガル校長は困った顔であたりを見回す。

さて、二人はどこに――こんな地図はもともと欲しくなかった。今度は地図が私をだまそうとしている。

少し考えて、地図に視線を戻す。二人が居るはずの場所を確認する。もう一度、図書室を見渡す。

部屋にある様々な物が動くことで、透明になった少年たちの通り道が示される。マクゴナガル校長は、二人の道筋を読んで、行く手をさえぎろうとする。だが、二人は教授を回りこむ。

本が床に落ちたことで、マクゴナガル校長は二人が何をしているか（そして何を使っているか）を知る。

あなたのお父さまのマントですね。

地図をもう一度見て、少年たちのいるあたりを見る。一人笑いをする。

さてと、あなたたちが見えなかったということなら、見なかったということです。

教授は退場する。少年たちがマントを脱ぐ。少しのあいだ、無言で座っている。

アルバス　そうなんだ。ジェームズから盗んだ。あいつからは簡単に盗める。あいつのトランクの暗証番号は、最初に箒をもらった日付さ。このマントのおかげで、いじめを避けやすくなった。

スコーピウスがうなずく。

君のお母さんのこと――悲しいよ。僕たち、お母さんのことを十分に話していない――でも、わかってほしいんだ――僕、悲しんでいる

スコーピウス　──ひどいよ──君のお母さんに起こったことって──君に起こったことって。

アルバス　ありがとう。

父さんが言ったんだけど──僕の周りの黒雲は君だって。父さんはそう考えはじめた──だから僕は、君から離れていなければならないと思った。さもないと、父さんは、しかるべき手を打つって言ったんだ──

スコーピウス　君の父さんは噂を信じてるのか──僕がヴォルデモートの息子だって？

アルバス　（うなずいて）魔法省の父さんの部で、今それを調査中なんだ。

スコーピウス　結構だ。調査させとけよ。ときどき──ときどきだけど、僕自身も考えることがある──噂はほんとうじゃないかって。

アルバス　ちがう。噂はほんとうじゃない。なぜだか言おう。ヴォルデモートなんかに、やさしい息子はできない──そして、スコーピウス、君はやさしい。おなかの底の底まで、爪の先の先まで。ヴォルデモートは

――ヴォルデモートには、君みたいな子どもは持てっこない。僕は本気でそう思う。

間。スコーピウスは胸を打たれている。

スコーピウス　いいことを――いいことを言ってくれるね。
アルバス　もっと前にそう言うべきだった。それから、君は決して――僕の足を引っぱったりしていない――そんなこと、君にできるはずがない――君は僕を強くしてくれる――父さんが僕たちを引き離したとき――君がいないと――
スコーピウス　僕も、君がいないと、自分の人生が好きじゃなくなった。
アルバス　それに、僕はどこまでいってもハリー・ポッターの息子だって、わかってる――頭の中でそれを整理するよ――君に比べると、僕の人生はかなりいい線いってるし、父さんと僕は比較的ラッキーで、そして――

スコーピウス　（さえぎって）アルバス、謝罪のことは、しつこいくらいにすばらしいよ。でも、またもや、僕のことより、君のことを話しはじめた。だから、行き過ぎないうちにやめたほうがいいんじゃないかな。

アルバスは笑顔になり、片手を差し出す。

アルバス　友だちだよね？
スコーピウス　いつまでも。

スコーピウスが手を差し出すと、アルバスはその手をつかんで引きよせ、ハグする。

君がそうするの、これで二度目だぞ。

二人は体を離してにっこり笑い合う。

アルバス　でも口論してよかった。おかげで僕、すばらしいアイデアが浮かんだ。
スコーピウス　なんのアイデア？
アルバス　第二の課題のことだ。屈辱だ。
スコーピウス　まだ昔に戻る話をしているのか？　ついさっき、この話は済んだはずじゃないか？
アルバス　君の言うとおりなんだ――僕たちは負け犬だ。僕たちは負けることに関してはすばらしい。だから、今度はその知識を利用しよう。僕たち自身の力だ。敗者は敗者であるように教えこまれる。敗者に教える方法はただ一つ――僕たちは誰よりもよくそれを知っている――屈辱だ。彼に屈辱を与えるんだ。第二の課題では、それをやろう。

スコーピウスは考える――しばらく考えている――それからにやっと笑う。

スコーピウス　とてもいい戦略だ。
アルバス　そうだろう。

スコーピウス　いいどころかかなりすごい。セドリックを助けるためにセドリックを辱《はずかし》める。気がきいてる。それで、ローズは？

アルバス　そっちは、とっておきの、ドーンと打ち上げサプライズで助ける。君がいなくてもできるけど——でも僕、君がその場にいてほしい。

スコーピウス　だって、いっしょにやりたいんだ。いっしょに間違いを正したい。だから……来てくれる？

でもちょっと待って、たしか——あの課題は——第二の課題は湖で行われる——行われた——じゃないか？　君は学校の建物を離れることが許されていないだろ？

アルバスはにやっと笑う。

アルバス　そうだよ。そのことだけど……二階の女子トイレを見つけなくちゃ。

第二幕　第17場　ホグワーツ　階段

ロンが考えこみながら階段を下りていく。ふと、ハーマイオニーの姿に気付いた途端、表情ががらりと変わる。

ロン　グレンジャー教授。

ハーマイオニーが階段のむこうからロンを見る。彼女もちょっと胸が踊る——だが、それを認めるつもりはない。

ハーマイオニー　ロン、こんなところでいったいどうしたの？

ロン　パンジュが魔法薬のクラスでちょっとトラブルを起こして。いつもの見せびらかしなんだが、間違ったものに間違ったものを加えたらば、眉がなくなって、どうやらかなり大きな口髭が生えたらしい。そりゃ、彼には似合わない。来たくなかったんだが、顔に生えるものに関しては、息子には父親が必要だとパドマが言うので。君、髪に何かした？

ハーマイオニー　櫛《くし》で梳《と》かしただけだと思うけど。

ロン　いや、なに……梳かした髪、似合うよ。

ハーマイオニーは、少しふしぎな目つきでロンを見る。

ハーマイオニー　ロン、そんな目で見るのをやめてくれない？

ロン　（自信を奮いおこして）あのー、ハリーの息子のアルバスだけど——このあいだ、私に、君と私が——結婚していると思った、なんて言ったんだ。ハ、ハ、ハ。ばかばかしい。まったく。

ハーマイオニー　ほんとにばかばかしい。

ロン　アルバスはその上、私たちに娘がいると思っていた。そんなことがあったら、変だよね？

二人は見つめ合う。先に視線をそらすのはハーマイオニー。

ハーマイオニー　変どころじゃないわ。

ロン　まったく。私たちは――友だちどうしだ。それだけだ。

ハーマイオニー　そのとおり。ただの――友だちどうし。

ロン　ただの――友だちどうし。おかしな言葉だ――友だちどうし。別にそれほどおかしくはないけど。単なる言葉だ。友だちどうし。友だち。おかしな友だち。君は私のおかしな友だち、私のハーマイオニー。そうじゃない――**私の**ハーマイオニーじゃない。わかるね――**私の**ハーマイオニーじゃない――**私の**ものじゃない――わかるよね、でも……

ハーマイオニー　わかってるわ。

間が空く。二人とも、ぴくりとも動かない。動けば大切なものが失われてしまう雰囲気が漂っている。やがて、ロンが咳払いをする。

ロン　さてと、もう行かないと。パンジュの始末だ。あいつに、口髭の手入れに関する繊細な芸術を教えるのだ。

ロンは歩きはじめるが、途中で振り返ってハーマイオニーを見る。ハーマイオニーが振り返ると、また急ぎ足になる。

君の髪、ほんとによく似合ってるよ。

第二幕　第18場　ホグワーツ　校長室

舞台にはマクゴナガル校長が一人で立っている。地図を見て、顔をしかめる。杖で地図を叩く。そして、正しい判断をしたことに満足して、一人笑いをする。

マクゴナガル校長　「いたずら　完了！」

ガタガタという物音がする。
舞台全体が振動しているように見える。
はじめにジニーが暖炉から飛び出し、それからハリーが出てくる。

ジニー　先生、このやり方は、何度やっても上品だとは言えませんね。
マクゴナガル校長　ポッター、また来たのですか。とうとう私のカーペットを台無しにしてくれたようですね。

ハリー　私は息子に会わないといけない。私たちにはその必要があるのです。

マクゴナガル校長　ハリー、よく考えた末、私はこの件には関わらないことにしました。

ハリー　あなたがどのようにおどそうとも、私は――

マクゴナガル校長　ミネルバ、私は和解のために来たのです。戦争ではなく。あなたに対して、あんな言い方をすべきではありませんでした。

私はただ、友情に干渉すべきではないと思うのです。それに、私の考えでは――

ハリー　あなたに謝罪したいのです。そしてアルバスにも。その機会を与えてくださいませんか？

二人に続いて、ドラコが大きな音を立てて煤《すす》とともに出てくる。

マクゴナガル校長　ドラコ？

ドラコ　彼は息子に会う必要がある。そして私も息子に会わなければならない。

ハリー　さっきも言いましたように――和解です――戦争ではなく。

マクゴナガル校長はハリーの顔をじっと見て、期待していた誠意が浮かんでいることを認める。ポケットからまた地図を取りだして広げる。

マクゴナガル校長　そうですね。和解なら、もちろん私が参加できるものです。

地図を杖で軽く叩き、ため息まじりに唱える。

「われ、ここに誓う。われ、よからぬことをたくらむ者なり」

再び地図が光り、動きはじめる。

ふむ、二人は一緒です。

ドラコ　二階の女子トイレ。いったいなんでそんなところに？

第二幕　第19場

ホグワーツ　女子トイレ

スコーピウスとアルバスは女子トイレに入っていく。真ん中には、ビクトリア朝式の大きな洗面台がある。

スコーピウス　それじゃ、確認させてくれ——計画は、「肥《ふと》らせ呪文」だね……

アルバス　そう。スコーピウス、その石鹸《せっけん》取ってくれないか……

スコーピウスは、洗面台の中から石鹸を取りだす。

エンゴージオ！　肥大せよ！

アルバスがトイレのむこう側から稲妻のような呪文を放ち、それが杖の先から洗面台まで飛んでいく。石鹸は四倍の大きさに膨らむ。

スコーピウス　いいぞ。僕は、肥大に感心した。

アルバス　第二の課題は湖の中だ。盗まれた何かを回収するのだが、その盗まれたものは――

スコーピウス　――選手の愛する人たちだった。

アルバス　セドリックは「泡頭《あぶくあたま》の呪文」を使って湖を泳いだ。僕たちは後をつけて「肥らせ呪文」をかけ、彼をちょっと大きくする。逆転時計《タイムターナー》は長くはもたないから、急いでやらないと。近づいて頭を肥大させ、湖の外に浮かんでいくのを見届ける――課題から離れ――競技からも遠のいて……

スコーピウス　でも――君はまだ、僕たちがいったいどうやって湖に行くのか、教えてくれてない……

突然、洗面台から勢いよく水がほとばしり、その後からびしょ濡れの「嘆《なげ》きのマートル」が現れて、水の上に浮く。

嘆きのマートル　ウワー、いい気持ち。昔はこれが楽しくなかったわ。でもわたしぐらいの歳になると、できることはなんだって受け入れるものだわ……

スコーピウス　そうか――アルバス、君は天才だよ――嘆きのマートルか……

嘆きのマートルが、スコーピウスの上から襲うようにのぞき込む。

嘆きのマートル　わたしのこと、なんて呼んだの？　わたし、嘆いてる？　今、嘆いてる？　**どうなの？　どうなの？**

スコーピウス　いいや。

嘆きのマートル　わたしの名前は何？

スコーピウス　マートル

嘆きのマートル　そのとおり――マートルよ。マートル・エリザベス・ワレン――かわいい名前――わたしの名前よ。嘆きの、は要《い》らない。

マートルがくすくす笑う。

嘆きのマートル　久しぶりだわ。男の子が。わたしのトイレに。わたしの女子用トイレに。ええ、いけないことだわ……でもねえ、わたし、ポッター家の子には、いつも甘かったわ。それにマルフォイ少年にも、ややえこひいきしたわね。さて、おふたりさん、なんの御用？

アルバス　マートル、君はあそこにいたね——湖に。あの場面に君のことが書いてあった。この下水パイプから外に出ていく道があるはずだ。

嘆きのマートル　わたし、どこにでも行ったわ。でも、具体的にどこを考えているの？

アルバス　第二の課題。湖の課題だ。三校対抗試合の。25年前。ハリーとセドリック。

嘆きのマートル　あんなすてきな子が死ぬなんて、残念だったわ。あなたのお父さんがすてきじゃないという意味じゃないけど——でもセドリック・ディゴリーは——どんなに多くの女の子が、このトイレで愛の呪文を唱えるのを聞かされたことか……死んだときは、どんなに泣き声を聞かされたことか、驚くほどよ。

アルバス　マートル、助けてよ。その同じ湖に行くのを助けて。

嘆きのマートル　わたしが、タイムトラベルを助けられると思うの？

アルバス　秘密を守らないといけないいけど。

嘆きのマートル　秘密は大好きよ。だーれにも言わないわ。胸に十字を切って、約束を破ったら死にます。あ――必ず守るっていう意味よ。ゴースト版のね。わかるでしょ。

アルバスがうなずいて合図すると、スコーピウスが逆転時計《タイムターナー》を取りだす。

アルバス　僕たち、時間の旅ができるんだ。君はパイプの旅を助けてくれる。そして、セドリック・ディゴリーを救うんだ。

嘆きのマートル　（にやっとして）あら、おもしろそう。

アルバス　それに時間がないんだ。

嘆きのマートル　この洗面台よ。この下のパイプの出口が湖なの。あらゆる規則に反してるけど、でもこの学校は昔からずっと旧式だったもの。飛びこみなさいよ。そしたらパイプはまっすぐに湖に続くわ。

アルバスは、マントを脱ぎ捨てながら洗面台の中に入る。スコーピウスもまねをする。アルバスがスコーピウスに、袋に入った緑色の植物を渡す。

アルバス　僕の分、君の分。
スコーピウス　鰓昆布《えらこんぶ》か？　僕たち、ギリウィードを使うのか？　水中で息をするのに？
アルバス　父さんとおんなじやり方だ。さあ、もういいか？
スコーピウス　忘れるなよ、今度こそ、時間切れで困ったことにならないように……
アルバス　5分だ。現在に引き戻されるまでに使える時間は、それだけだ。
スコーピウス　すべて大丈夫だって言ってくれ。
アルバス　（にやっと笑いながら）完全に大丈夫だ。さあ準備はいいか？

鰓昆布を食べたアルバスが、洗面台の中に姿を消していく。

スコーピウス　まだ行くなよ、アルバス――アルバス――

スコーピウスが顔を上げると、嘆きのマートルと二人きりだ。

嘆きのマートル　わたし、勇敢な男の子が好きだわ。

スコーピウス　（ちょっぴりの恐怖と、ちょっぴりの勇気を感じながら）さあ、僕は完全に準備ができてる。なんでも来い。

鰓昆布を食べて、洗面台の中に姿を消す。
舞台には嘆きのマートルが一人残される。
巨大な閃光が走る。何かが砕けるような音が響く。
時間が止まる。時は流れの向きを変え、少しためらい、そして巻き戻りはじめる……

二人の少年はもういない。

ハリーが険しい顔で舞台に走りこんでくる。その後ろに、ドラコ、ジニー、マクゴナガル校長が続く。

ハリー　アルバス……アルバス……

ジニー　あの子はもういないわ。

四人は、床に落ちている二枚のマントを見つける。

マクゴナガル校長　（地図を確かめながら）アルバスは消えてしまいました。いや、ホグワーツの校庭の下を移動しています。いや、消えてしまいました――

ドラコ　どうやって？

嘆きのマートル　とってもきれいな小道具みたいなものを使ってたわ。

ハリー　マートル！

嘆きのマートル　オーッと。見つかっちゃった。頑張って隠れようとしたのに。ハロー、ハリー。ハロー、ドラコ。またいたずらしに来たの?
ハリー　どんな道具を使っていたのかな?
嘆きのマートル　秘密だったと思うわ。でも、ハリー、あなたにはなんにも隠せない。歳をとって、ますますハンサムになったのはどうして?
ハリー　私の息子が危険なんだ。助けてくれ。マートル、子どもたちは何をしているんだ?
嘆きのマートル　セクシーな男の子を助けるつもりよ。セドリック・ディゴリーとかいう。

ハリーはすぐに事態を飲みこみ、ぞっとする。

マクゴナガル校長　でもセドリック・ディゴリーは何年も前に死にました。
嘆きのマートル　そのことはなんとかなるって、とっても自信があるみたいだった。ハリー、あの子はあなたみたいに自信たっぷりね。

ハリー　あの子は聞いたんだ——エイモス・ディゴリーとの話を……もしかしたらあの子は……魔法省の逆転時計《タイムターナー》を。いや、そんなことは不可能だ。

マクゴナガル校長　魔法省の逆転時計《タイムターナー》？　全部破壊されたものと思いましたが？

嘆きのマートル　みんななんて悪い子なの。

ドラコ　誰か事情を説明してくれないか？

ハリー　アルバスとスコーピウスは消えたり現れたりしたのじゃない。旅をしているんだ。時間の旅を。

第二幕　第20場　三校対抗試合　湖　1995年

ルード・バグマン　紳士、淑女のみなさん、少年、少女諸君。さてこれから始まるのは
――もっとも偉大で――もっともすばらしい――しかも二つとない
――一大試合、**三校対抗試合**。さあ、ホグワーツ校の生徒たち。声援をどうぞ。

大きな声援があがる。
湖の中を泳ぐアルバスとスコーピウスの影が映し出される。易々《やすやす》と水をかきながら潜っていく。

さあ、ダームストラング校――声援をどうぞ。

また、大きな声援があがる。

そして、ボーバトンの生徒たち、声援をどうぞ。

前よりはやや元気な声援が聞こえる。

フランス勢も乗ってきたようですね。
さあ、選手が出発した……ビクトールはサメです。当然ですね。フラーは美しい。はりきりハリーは鰓昆布《えらこんぶ》を使っています。いいですね、ハリー、実にいい――そしてセドリックは――さて、セドリックは、おお、みなさん、これはおもしろい。セドリックは「泡頭《あぶくあたま》の呪文」を使って湖に潜ります。

セドリック・ディゴリーが、水中を泳いで二人に近づいてくる。顔は大きな泡《あぶく》におおわれている。アルバスとスコーピウスは同時に杖を上げ、水の中で「肥《ふと》らせ呪文」

を放つ。

セドリックが振りむき、戸惑った顔で二人を見る。呪文がセドリックに当たる。彼の周りの水が金色に輝く。

すると、セドリックの体が膨らみはじめる――また膨らむ――さらに膨らむ――。セドリックは自分の体を見回す――すっかりパニックに陥っている。セドリックがなす術《すべ》もなく水面へと浮き上がっていくのを、二人の少年が見ている。


いや、おお、これはなんと……セドリック・ディゴリーが浮上してきました。どうやら競技からリタイアの様子です。おお、みなさん、勝者はまだ決まりませんが、敗者は間違いなく決まりました。セドリック・ディゴリーは風船のようになり、空に舞い上がろうとしています。紳士、淑女のみなさん、飛んでいきます。課題を離れ、試合を離れ、そして――おお、なんと、ますますすごいことになっています。セドリックの周りで花火の**炸裂**《さくれつ》です――「ロンはハーマイオニーが好きだ」――と朗々と謳《うた》いあげていますね――見物人は大喜び――おお、紳士、淑女のみなさん、セドリックの表情たるや。これは見ものです、かなりの見ものです、かなりの悲劇ですね。屈辱です。それ以外の言葉は見あたりません。

アルバスは満面の笑みを浮かべ、スコーピウスと水の中でハイタッチをする。

アルバスが上を指さし、スコーピウスがうなずく。二人はまっすぐ水面に向かって泳いでいく。セドリックが上昇していき、人々は声をあげて笑う。そしてあたりの様子が一変する。

世界が暗くなる。ほとんど真っ暗闇だ。

閃光が走り、バン！という音が響く。逆転時計《タイムターナー》の音がやむ。時間が現在に戻っている。

突然、スコーピウスが水面に現れる。水から顔が飛び出す。誇らしげな顔だ。

スコーピウス　ウぅぅぅぅ？　フぅぅぅぅぅぅ！

驚いた顔であたりを見回す。アルバスはどこだろう？　スコーピウスは両腕を突き上げる。

やったー！

スコーピウスはもう一呼吸待つ。

アルバス？

アルバスは現れない。スコーピウスは立ち泳ぎをして、少し考えてからもう一度水に潜る。

また、水の上に顔を出す。今度は完全にパニック状態だ。周りを探す。

アルバス……**アルバス……アルバス**。

蛇語のささやき声が聞こえはじめる。ささやきは、客席を囲むようにすばやく滑っていく。「あの人」がくる。「あの人」がくる。「あの人」がくる。

ドローレス・アンブリッジ　スコーピウス・マルフォイ。湖から出なさい。湖から出るのです。今すぐに。

ドローレスは少年を水から引き上げる。

スコーピウス　ミス。助けてください。どうか、ミス。

アンブリッジ　ミス？　わたくしはアンブリッジ教授です。あなたの学校の校長です。ミスではありませんわ。

スコーピウス　あなたが校長先生？　でも僕……

アンブリッジ　わたくしは校長です。あなたがどんなに重要な家族の出身であろうと——のらくら、だらだらする口実にはなりません。

スコーピウス　湖の中に男の子がいます。誰か助けを呼んでください。僕は友だちを探しているのです。ミス、じゃなかった、先生、校長先生。ホグワーツの生徒です、ミス。僕はアルバス・ポッターを探しています。

アンブリッジ　ポッター？　アルバス・ポッター？　そんな生徒はいませんわ。事実、ホグワーツにはここ何年もポッターという生徒はいません——それにあの少年も結局うまくいきませんでしたわ。ハリー・ポッターよ、安らかに眠れ、というより、永遠の絶望に眠れ、ですわね。まったくの厄介者《やっかいもの》めが。

スコーピウス　ハリー・ポッターが死んでる？

突然、客席の周りから、弱い風が吹いてくる。黒いローブがいくつも観客の周りに浮かびあがる。ローブは黒い人影となり、そして、吸魂鬼《ディメンター》の形になる。

劇場中に飛び回る吸魂鬼《ディメンター》の姿。死を思わせる黒い影。死をもたらす闇の力。これほど恐ろしい存在はない。客席の生気が吸いとられていく。

風は吹き続ける。地獄だ。客席の真後ろから聞こえるささやき声がすべての観客を取り囲む。聞きちがえようもないあの声。**ヴォルデモート**の声……

ハァァアリィー・ポッタァァァァー……

ハリーの夢が、現実になった。

アンブリッジ　水の中で何か変なものでも飲みこんだの？　誰も気が付かないうちに「穢《けが》れた血」になったの？　ハリー・ポッターは20年以上前に死にましたわ。学校のクーデターが失敗して――ダンブルドアのテロリストたちの一人でしたが、「ホグワーツの戦い」で我々が勇敢に打ち負かしました。さあ、急ぎなさい――なんのまねか知りませんが、吸魂鬼《ディメンター》の機嫌をそこねて、「ヴォルデモートの日」を台無しにしていますわよ。

蛇語のささやき声は次第に大きくなっていく。耳をふさぎたくなるほどだ。蛇の紋章がついた巨大なバナーがいくつも、舞台に降りてくる。

スコーピウス　「ヴォルデモートの日」？

暗転。

第一部　終わり

原作チームの略歴

J. K. ローリング／原作

一時代を築いた不朽の名作「ハリー・ポッター」シリーズ、またロバート・ガルブレイス名義で執筆された「私立探偵コーモラン・ストライク」シリーズの著者。「ハリー・ポッター」シリーズ全7作は、8本の大ヒット映画となり、書籍は6億部以上を売り上げ、85以上の言語に翻訳された。また、本シリーズと並行して、ローリングはチャリティのために3冊の短い副読本を執筆。その1冊である『幻の動物とその生息地』に着想を得て製作されたのが、映画「ファンタスティック・ビースト」シリーズ。魔法動物学者ニュート・スキャマンダーを主役にしたその映画シリーズは、2016年に1作目『ファンタスティック・ビーストと魔法使いの旅』が公開され、3作目となる最新作『ファンタスティック・ビーストとダンブルドアの秘密』が2022年に公開された。大人になったハリーの物語は舞台へと続き、ローリングは脚本家のジャック・ソーン、演出家のジョン・ティファニーとともに『ハリー・ポッターと呪いの子』を制作。2016年にロンドンのウエスト・エンドで初演を迎えたのち、現在は世界中のさまざまな場所で公演されている。2020年にはふたたび児童書の世界にもどり、コロナ禍で外に出られない子どもたちのために、おとぎ話『イッカボッグ』をオンラインで無料公開したのちに出版、その印税を新型コロナウイルス感染症のパンデミックによる社会的影響の軽減に尽力している慈善団体を支援するために、慈善信託〈ボラント〉に寄付している。2021年には児童書の最新作『クリスマス・ピッグ』を出版。近著に「コーモラン・ストライク」シリーズの最新作『The Ink Black Heart』(2022年刊行、未邦訳)がある。

ジョン・ティファニー John Tiffany ／原作、演出

演出を手掛けた『ONCE ダブリンの街角で』は、英国ウエスト・エンドと米国ブロードウェイの双方で複数の賞を受賞。ロイヤル・コート劇場の副芸術監督として、『ロード』『アッホ夫婦』『ホープ』『ザ・パス』を演出。ナショナル・シアター・オブ・スコットランド（以下NTSと表記）が制作し、演出を手掛けた『ぼくのエリ 200歳の少女』は、ロンドンのロイヤル・コート劇場およびウエスト・エンド、NYのウエスト・アンズ・ウエアハウスでも上演。NTS制作の舞台演出としては他に、『マクベス』（ブロードウェイでも上演）、『エンクワイアラー』『ザ・ミッシング』『ピーター・パン』『ベルナルダ・アルバの家』『トランスフォーム　ケイスネス：ハンター』『ビー・ニア・ミー』『ノーバディ・ウィル・フォーギヴ・アス』『バッコスの信女たち』『ブラック・ウォッチ』（ローレンス・オリヴィエ賞と批評家協会ベスト演出家賞を受賞）、『エリザベス・ゴードン・クイン』『ホーム:グラスゴー』。近年の演出作品には、『ガラスの動物園』（アメリカン・レパートリー・シアター制作により上演した後、ブロードウェイ、エジンバラ国際フェスティバル、ウエスト・エンドでも上演）、『ジ・アンバサダー』（ブルックリン・アカデミー・オブ・ミュージック）がある。2005年から2012年までNTSの副芸術監督を務め、2010年度から2012年度まではハーバード大学ラドクリフ研究所で特別研究員を務めた。原案と演出を担当した『ハリー・ポッターと呪いの子』では、ローレンス・オリヴィエ賞のベスト演出家賞を受賞したが、この舞台はオリヴィエ賞の9部門で最優秀を獲得するという新記録を達成した。

ジャック・ソーン Jack Thorne ／原作、脚本

舞台、映画、テレビ、ラジオの脚本によりトニー賞、ローレンス・オリヴィエ賞、英国映画アカデミー賞（以下BAFTAと表記）を受賞。舞台脚本に、ジョン・ティファニー演出の『ホープ』『ぼくのエリ 200歳の少女』をはじめとして、『ヴォイチェック』（オールド・ヴィック劇場）、『ジャンクヤード』（ヘッドロング、ローズ・シアター・キングストン、ブリストル・オールド・ヴィック、シアター・クルーイドの共同制作）、『ソリッド・ライフ・オブ・シュガーウォーター』（グレイアイ・シアター・カンパニーの制作によるツアー公演の後、ナショナル・シアターで上演）、『バニー』（エジンバラ・フリンジ・フェスティバルで上演）、『ステイシー』（トラファルガー・スタジオ）、『1997年5月2日』『When You Cure Me』（ブッシュ・シアター）がある。翻案戯曲に、『物理学者たち』（ドンマー・ウェアハウス）、『崩壊ホームレス　ある崖っぷちの人生』（ハイタイド・シアター・カンパニー）など。映画の脚本に、『ウォー・ブック』『幸せになるための5秒間』『スカウティング・ブック・フォー・ボーイズ』など。テレビ番組の脚本に、『ナショナル・トレジャー』『ラスト・パンサーズ』『ドント・テイク・マイ・ベイビー』『ディス・イズ・イングランド』シリーズ、『フェーズ』『グルー』『キャスト・オフ』など。2017年にBAFTAとロイヤル・テレビジョン協会のベスト・ミニ・シリーズ賞を受賞（『ナショナル・トレジャー』）。2016年にBAFTAのベスト・ミニ・シリーズ賞（『ディス・イズ・イングランド '90』）とベスト単発ドラマ賞（『ドント・テイク・マイ・ベイビー』）を、2012年にはBAFTAのベスト・ドラマ・シリーズ賞（『フェーズ』）とベスト・ミニ・シリーズ賞（『ディス・イズ・イングランド '88』）を受賞。

謝辞

『呪いの子』ワークショップに参加してくれた俳優の皆様に感謝の意を表します。
メル・ケニヨン、レイチェル・テイラー、アレグザンドリア・ホートン、
イモジェン・クレア＝ウッド、フローレンス・リース、ジェニファー・テイト、
デヴィッド・ノック、レイチェル・メイスン、コリン、ニール、
ソニアＳＦＰの皆様とザ・ブレア・パートナーシップの皆様、
ＪＫＲ ＰＲのレベッカ・ソルト、パレス・シアターのニカ・バーンズとスタッフの皆様。
そしてもちろん、すべての台詞に命を与えた素晴らしいキャストの皆様。

本書は
単行本二〇一七年十二月　静山社刊
を二分冊にしたⅠです。

松岡佑子 訳

翻訳家。国際基督教大学卒、モントレー国際大学院大学国際政治学修士。日本ペンクラブ会員。スイス在住。訳書に「ハリー・ポッター」シリーズ全7巻のほか、「少年冒険家トム」シリーズ全3巻、『ブーツをはいたキティのおはなし』、『ファンタスティック・ビーストと魔法使いの旅』、『とても良い人生のために』『イッカボッグ』(以上静山社)がある。

ハリー・ポッター文庫
ハリー・ポッターと呪いの子 第一部
舞台脚本 愛蔵版

2021年7月6日 初版発行
2024年7月1日 第2刷発行

著者 J.K.ローリング
ジョン・ティファニー
ジャック・ソーン
舞台脚本 ジャック・ソーン
訳者 松岡佑子
発行者 松岡佑子
発行所 株式会社静山社
〒102-0073 東京都千代田区九段北1-15-15
電話・営業 03-5210-7221
https://www.sayzansha.com
翻訳協力 井上里
ルーシー・ノース
日本語版デザイン 鳴田小夜子(坂川事務所)
組版 アジュール
印刷・製本 中央精版印刷株式会社